猛 犸 译 丛

VIES 虚构列传
IMAGINAIRES

Marcel Schwob

[法] 马塞尔·施沃布 著

王一笑 译

广西科学技术出版社

·南宁·

图书在版编目（CIP）数据

虚构列传 / (法) 马塞尔·施沃布著 ; 王一笑译.
南宁 : 广西科学技术出版社, 2024. 10. -- ISBN 978-7
-5551-2247-0

Ⅰ. I565.44

中国国家版本馆CIP数据核字第2024WL0637号

虚构列传

XUGOU LIEZHUAN

［法］马塞尔·施沃布　著

王一笑　译

策　　划：黄　鹏		责任编辑：冯雨云　梁　良		
责任校对：冯　靖		装帧设计：黄　海　韦宇星		
责任印制：韦文印		营销编辑：刘珈沂		

出 版 人：岑　刚　　　　　　　　　出版发行：广西科学技术出版社
社　　址：广西南宁市东葛路 66 号　　邮政编码：530023
网　　址：http://www.gxkjs.com　　　编 辑 部：0771-5827326

印　　刷：广西民族印刷包装集团有限公司
开　　本：889mm×1194mm　1/32　字　　数：83.7 千字
印　　张：4.375
版　　次：2024 年 10 月第 1 版　　　印　　次：2024 年 10 月第 1 次印刷
书　　号：ISBN 978-7-5551-2247-0
定　　价：49.80 元

知了
ZHILIAO

格物以为学，伦类通达谓之真知

作者序

我们无法从历史学中确切了解个体。它仅仅揭示了一些与全体行为相关的要点。它告诉我们：拿破仑在滑铁卢之日正苦于病痛；牛顿超凡的智力活动须归因于他严格的禁欲所激发的天性；亚历山大在杀死他手下大将克利图斯时喝醉了；让路易十四改变一些决定的原因可能是他的瘘管。帕斯卡曾推测，如果克利奥帕特拉的鼻子短一点儿，事情可能会如何发展，他也曾推论克伦威尔尿道里有沙粒。所有这些个别事实之所以有价值，是因为它们影响了事件，或可能改变了事件的进程。至于它们是真正的起因，还仅是可能的原因，就只能交由学者们去判断了。

与一般观念相反，艺术只描述个体，只欲求独一无二。它不分类，它排除分类。尽管艺术与我们息息相关，但我们的一般观念也许与火星上流行的相似，比如，三条相交的直线会在宇宙中的某个点形成一个三角形。但是，您若观察一棵树的一片叶子，便会发现它有错综复杂的叶脉，它的色调随着阴影和阳光而变化，雨滴使它饱满，叶面上有昆虫的噬痕、小蜗牛的银色爬迹、秋天第一抹致命的金色。我敢打赌，您搜遍地球上所有的森林，也找不出一片与它一模一样的叶子。一般意义上的科学，并不特意关注整棵植株下一片小叶的表皮、细胞的丝状结构、脉络的曲率；人的习惯癖好、性格的扭曲；某个人长着鹰钩鼻，一只眼高，一只眼低，手臂关节处有风湿结节；他习惯在某个时间吃鸡胸肉，或喜欢马尔瓦西亚白葡萄酒胜过玛歌城堡红葡萄酒——这些细节是世间独一无二的。泰勒斯可能也像苏格拉底一样说过"认识你自己"，但在狱中饮下毒芹汁液前，他不会以同样的方式揉自己的腿。最杰出者的思想是人类的共同遗产，他们真正拥有的却是个人的怪癖。能够描述一个人所有异常之处的书理应是件艺术品，就像一幅日本版画，画中有个形象是一条小毛虫，一旦我们在某个特定时刻看过一次，就会永远铭记。

对于所有这类事，历史书均保持沉默。有证可考的粗糙原始资料堆中，通常并无多少独一、特有的残片。古代的传记尤其吝啬，它们只重视公共生活和文法，仅传送伟大人物的论述与他们的著作名。还是阿里斯托芬有趣，他透露自己是个秃子，如果苏格拉底的狮子鼻没有在文学类比中发挥作用，如果他赤足行走的习惯不是其蔑视身体的哲学体系的一部分，那么除了他的道德诘问，我们将对他一无所知。苏埃托尼乌斯的杂谈无非是蓄意挑起争议之作。普鲁塔克的天分有时会让他成为一位艺术家，但他并不了解自己的艺术本质，因为他总是去想象"相似之处"，仿佛恰如其分地描述所有细节之后，两个人就可以彼此相像了！我们居然沦落到需要请教阿特纳奥斯、奥卢·盖勒和注释者，以及自认为发明了一种哲学史的第欧根尼·拉尔修。

在现代，个体意识得到进一步发展。如果鲍斯威尔没有引用不必要的约翰逊的书信，去掉那些关于其著作的题外话，他的大作便堪称完美。奥布里的《名人小传》更胜一筹。毫无疑问，奥布里具有传记作家的敏锐直觉。但遗憾的是，这种出色的历史学家研究式风格与他的构想根本不在同一水平！但他的书可为睿智的头脑提供无尽的消遣。奥布里从未觉得有必要在个别细节和一般观念之间建立关联。对他来说，别人已为他所感兴趣的人物留下了名声，这就足够了。很多时候，我们并不知道他所谈论的是数学家还是政治家，是诗人还是钟表匠。但他们各具特质，总能脱颖而出。

画家北斋希望在一百一十岁时，自己的艺术能臻于完美。他说，到那时，自己画笔下的每一个点、每一条线都像活的一样。"活的"，言下之意就是个性化的。没有什么比点和线更具相似性：几何学就建立在这个前提之上。北斋的完美艺术所追求的是与众不同。与之类似，传记作家的臻于完美意味着，无限微分两位创立了几乎是同一种形而上学的哲学家的思想。这就解释了只关注人本身的奥布里为什么不能达到完美，他未能实现北斋所渴望的从相似到"多样"的奇迹般的转化。但奥布里也没能活到一百一十岁。尽管如此，他仍然值得尊敬，他意识到了自己作品的意义。在献给安东尼·伍德的序言中，他写道："我记得朗伯特将军曾说过：'最出色的人也只是人中的豪杰。'从这本粗糙潦草的集子中，您会看到形形色色的例子。现在这些秘闻不宜流传，应该再等三十年，等到作者与相关人物（就像浆果）腐烂之后。"

我们可以从奥布里的一些前辈那里发现他写作艺术的雏形。第欧根尼·拉尔修提到，亚里士多德在他的腹部缠着一个装满热油的皮囊，他死后，人们在他的家里发现了大量的陶器。我们永远不知道亚里士多德用这些陶器来做什么。这个谜团，同鲍斯威尔任由我们去揣测约翰逊博士的口袋里为什么总是装着干橙皮一样有趣。第欧根尼·拉尔修几乎将自己提至无与伦比的鲍斯威尔的高度了。但这类趣闻很少见。然而，奥布里几乎在每一行都给我们带来愉悦。他告诉我们：弥尔顿读"字母 R 时发音很重"；斯宾塞"个头很小，头发短，戴着小领饰、小袖口"；巴克莱在"英王詹姆斯一世统治期间住在英格兰，那时他已是个白胡子老头了，戴着饰有一根羽毛的帽子，这让好些刻板的人觉得被冒犯了"；伊拉斯谟"不喜欢鱼，尽管他出生于一个渔村"；至于培根，"没有一个仆人胆敢不穿西班牙皮靴出现在他面前，那会惹火他，因为他能嗅出小牛皮的气味"；富勒博士"脑子里只有工作，晚饭前他一边散步，一边冥想，居然没有意识到自己吃掉了一个小面包"。奥布里这样谈论威廉·达文南爵士："我参加了他的葬礼。他的棺材是胡桃木的。约翰·德纳姆爵士说这是他见过的最好的棺材。"他这样描写本·琼森："我听演员拉齐先生说，他常穿的一件外套像马车夫穿的，就是在腋窝开衩那种。"以下是威廉·普林让他吃惊之处："他是这样工作的：头戴一顶加软衬的高帽，帽檐至少有三英寸高，就像一把为眼睛遮光的伞；每隔三个小时，仆人会为他端来一个面包卷和一壶啤酒，以提振被耗费的精神。随后他一边工作，一边喝酒并大嚼面包，这能保证他一直笔耕到入夜，然后，再去享用一顿丰盛的晚餐。"至于霍布斯，"他到了晚年头发几乎掉光了。在屋里时，他常常是光着头坐着工作，还说他的秃顶从未觉得冷，但最麻烦的是提防苍蝇落到光头上"。奥布里只字未提詹姆斯·哈林顿爵士的《大洋国》，但他如此描述这位作者："公元1660年，他被囚禁在伦敦塔中，过了一段时间，他又被转移到了普利茅斯城堡。他本是一位精神饱满、容易激动的绅士，持续的监禁导致谵妄或者说他变得疯狂了。他并不骇人，因为他的谈吐足够理性，还诙谐有趣，但他渐渐地有了一种幻想，认为自己的汗水会变成苍蝇，有时会变成蜜蜂，其余时间则是清醒的。他在哈特先生花园（圣詹姆斯公园对面）搭建了一个多功能小木屋来进行实验。他将小房子对着阳光，面朝它坐下，用狐尾草赶走或杀死里面的苍蝇和蜜蜂，然后关好窗户。他总是在温暖的天气里进行这类实验，有时窗帘的褶皱处或衣服里会有一些苍蝇藏着不被发现。一刻钟后，一两只或更多的苍蝇会被热得从潜藏处飞出来。于是他就会惊叫：'你们看不到吗？它们显然是从我身上飞出来的！'"

这就是奥布里告诉我们的有关莫顿的一切："莫顿先生的真名是理查德·汉德。博维先生很了解他。他生于……是伦敦小不列颠街的一个书商。他曾和一群吉卜赛人混过一段时间。他那双突起瞪视的眼睛让他看起来像个恶棍。他会各种变装术。他破产过两三次。最终，或者说在暮年，他又成了一个书商。他以涂鸦为生，一幅画能赚二十先令，还写过几本小书，诸如《英国流氓》《甜言蜜语术》等。大约1676年，他在远渡重洋前往普利茅斯的途中淹死了，享年约五十岁。"

至此，我必须引述他写的《笛卡儿传》：

勒内·笛卡儿先生

笛卡儿先生是法国贵族，高等数学家和哲学家，1596年3月出生于图尔，卒于1650年2月。（这段题词是我在 C. V. 达伦给笛卡儿画的肖像下找到的）他如何度过青春时代，通过何种方法变得如此博学？其著作《方法论》已给出了答案。耶稣会为他提供过教育并以此为荣耀。他在海牙附近的埃格蒙特生活了几年，就是在那里，他开始撰写自己的几部著作。他太聪明了，不会为妻子所累，但他是个男人，有男人的欲望和胃口，于是他选择了一位他喜爱的、家境优裕的美丽女子为伴，她为他生了几个孩子（我认为是两个或三个）。出自如此有头脑的一位父亲，他们应该得到了良好的培养，否则就太令人惊讶了。他拥有如此突出的学识，所有的学者都来拜访他，很多人要求看看他的仪器（那时的人认为，学习数学离不开工具的知识，就像 H. S. 爵士所说的做事的窍门）。于是，他会拉出桌下的一个小抽屉，向他的客人展示断了一条腿的圆规，然后是一把用一张对折的纸包好的尺子。

很显然，奥布里完全清楚自己的写作本质。不要以为他不了解笛卡儿与霍布斯的哲学思想的价值。他对此根本不感兴趣。他直言，笛卡儿本人早已向世界解释了他的方法论。奥布里没有无视哈维发现了血液循环，但他更喜欢记下这个杰出的人在失眠时会穿着睡衣漫步，向读者揭露他的笔迹过于潦草了，伦敦最有名的医生也不会花六便士买他的一个处方。奥布里确信，描述弗朗西斯·培根有一双活跃、柔和的眼睛就能启发我们，"炯炯有神，像毒蛇的眼睛"。但奥布里并不是霍尔拜因那样伟大的艺术家，他不懂得如何在近似完美的背景中，某人的特质来让他历久弥新。他能使一只眼睛、一个鼻子、一条腿或一张噘起的嘴活灵活现，却无法使整个人物具有活力。老北斋看到了这种必要性，就是要将最普通的转化成独特的。奥布里没能洞悉这些。如果鲍斯威尔的书能减缩至十页，将会是我们都期待的艺术佳作。约翰逊博士的见识是由最普通的常识构成的，但经由鲍斯威尔离奇而强烈的表述，它就具有了世间独一无二的品质。然而这一连串沉闷乏味的记事与博士自己的辞典何其相似：我们甚至可以从中摘选出一部带索引的《约翰逊科学》。鲍斯威尔缺乏甄选的美学勇气。

传记作家的特殊技艺在于选择，他不必拘泥于真实。他必须从混沌中创造出人的独特性。莱布尼茨说，在创造世界时，上帝从所有可能性中选择最好的。传记作家，就像一些次等神祇，知道如何从人的所有可能性中选出独一无二者。他对艺术的判断不会失误，就像上帝对善的判断不会出错。在这两种情况下，拥有万无一失的直觉是必要的。耐心的造物主特地为传记作家汇集了观点、生动的面容和事件。他们的全部作品将会在编年史、回忆录、通信集和注释中被发现。在这些未加工的原料中，传记作家精选出足够的素材，以撰写出一种与众不同的样式。它不必与已存在的、更高级的神所造之物相同，但是，它必须是独一无二的，就像其他创造物。

很不幸，传记作家通常会把自己当成历史学家。他们这样做的后果是，我们丧失了许多精彩有趣的肖像。他们认为，我们只对伟大人物的生活感兴趣。艺术从不做如此之思。在一位画家的眼中，克拉纳赫为一个无名小卒画的肖像，与伟大的伊拉斯谟的肖像一样珍贵。因为这幅画之所以无与伦比，并非因为伊拉斯谟的名字。传记艺术应当尽可能地将一位可怜的演员的生活与莎士比亚的同等对待。出于一种本能反应，我们会津津有味地观察亚历山大半身画像中变短的胸肌，或拿破仑肖像中他额头的发绺。我们对蒙娜丽莎的微笑（没准这张脸是男人的）一无所知，它就更为神秘了。北斋画的一张鬼脸会引我们进入更深的冥想。如果想尝试鲍斯威尔和奥布里擅长的艺术，最好不再拘泥于描述最伟大之人的时日，或记录往昔最著名人物突出的面貌特征，而应当以同等关注来叙述此人独特的存在，无论他们是神圣者，还是平庸之辈，抑或是罪犯。

前言

书写，就是对源头的迷恋。

——埃德蒙·雅贝斯

文学史上遍布被忽视、误解、遗忘、从未被充分认识的人。施沃布曾受到诸多西方作家推崇，却罕见地被忽视到几近被遗忘，这固然与他的不求名声与早逝有关（未满38岁），但是否也因为，几乎只生活在思想和抽象领域里的施沃布，其过人的才华与学识超出了普通读者理解与接受的范围？据施沃布的传记作者皮埃尔·尚皮翁所述，施沃布精通古希腊语、拉丁语，通晓西班牙语、意大利语和一定程度的梵语。他能从各种各样的资料中搜出源头，比如他写作本书的原始素材中就有两份保存在法国国家档案馆里的15世纪的减刑书、1889年在突尼斯的一座古墓中发现的迷魂咒等。作者会逝去、被遗忘，书页会蒙尘发霉，但书有自己独立的生命、欲望和智慧，它们总能戏剧性地在不同的时间找到自己的位置。人与书具有独特的关系，一个人写下的书如对事物的本质有深刻理解，那么它就完成了他对自己的命名，像苏联作家科尔扎诺夫斯基所说的：在存在簿上签名。

　　施沃布出生于1867年8月，巴黎。他的父亲曾是驻埃及外交官，后经营报业，他的母亲出身犹太拉比家庭，重视子女的教育。施沃布很小就学习多国语言，开始阅读凡尔纳和爱伦·坡的作品。施沃布在入读巴黎路易大帝中学时，与他的舅舅莱昂·卡恩生活在一起。卡恩是一位历史学家、语言学家、东方学家、探险家，著名的马萨林图书馆的馆长。因此，施沃布的成长期被丰富的藏书、古籍、手稿和学人名士包围着。1889年，他入军队服役，军旅经历激发他写下了首部短篇小说。在巴黎高等师范学校，施沃布师从米歇尔·布雷亚尔和索绪尔学习语言学，获古典语言学和东方语言学博士学位。之后，他与印度学研究者乔治·吉耶斯一起工作，出版了《法国俚语研究》，同时开始研究维庸，为杂志撰稿，写短篇故事、时评和社论。施沃布短暂生命的最后几年经历了极度的痛苦，被无法治愈的慢性病和胃癌折磨。1901年，他带病前往萨摩亚寻医，但在途中疾病加重，不得不返回巴黎。施沃布生命的最后几年主要在塞纳河上的圣路易岛度过。他款待宾客，举办文学沙龙，展现出惊人的广博知识。继续创作的同时，他还在巴黎的法国高等社会科学研究学院授课，他是克洛岱尔、法朗士、史蒂文森、普鲁斯特、罗丹、王尔德、瓦莱里和阿莱斯特·克劳利等人的朋友，毕加索、马克斯·雅各布和保罗·福特在他生命的最后一年在高等研究学院参与了他的课程。1905年，施沃布病逝。

施沃布的第一部短篇故事集《双重之心》出版于1891年，之后陆续出版了10余部著作，其中包括《戴金面具的国王》（1892），这是他最博学、匪夷所思且黑暗残酷的一部奇幻故事集，收录21篇故事，涉及谋杀、中世纪巫术、船上奴隶、皇室阴谋、赌博贵族以及1374年的瘟疫，有的类似科幻或奇幻故事，有的如精心设计的梦境。《虚构列传》出版于1896年，被誉为最早的传记小说之一，收录22篇短篇故事，包括从古希腊的神人恩培多克勒、罗马的诗人卢克莱修到佛罗伦萨画家保罗·乌切洛等历史人物，从非洲施咒女赛媞玛到阿拉伯占卜师苏弗拉等带有寓言色彩的传奇人物，从古罗马淫荡贵妇到19世纪巴黎的花边女工、美洲的印第安公主，以及四个性格与历程迥异的传奇海盗、两个带着一千零一夜气息的谋杀犯等角色。这些故事在几页之内试图探测人性，揭露人物心理，展示异域风情，微缩人物所在之地的地理、经济与历史状况，以及镜鉴诱惑物之危险：获取意外之财的海上珠宝猎人菲普斯最终一贫如洗，手中只余一块银锭做了他的棺材钱；占卜师苏弗拉从死去的所罗门王手指上取下指环的同时"喷出一股朱红色的血流"，他却没有获得永生，而是"陷入尘世不朽之眠"；等等。

《虚构列传》犹似一把现代文学的秘密钥匙，远非畅销，却经久不衰，对阿波利奈尔、博尔赫斯、阿尔弗雷德·雅里、阿尔托、波拉尼奥和让·艾什诺兹等知名作家都产生了深刻影响。一般来说，每一部传记都包括一个人的出生、生活和死亡，但没有人能真实地描述一个人完整的生活。一些看似是历史记载的东西实际上不尽属实，传记通常会借用相关历史事件、生活经历，结合小说的叙事手法来"欺骗"读者。在历史和传记作家停步之处，施沃布走得更远，他迈入了想象的领域：在历史无法传递真相的地方，让想象力占据主导，将传记转化成为虚构叙事，给出"似是而非的真相"，这是艺术家再创造能力的标志。施沃布在序言中提到，北斋看到了这种转化的必要性，其目的在于"将最普通的转化成独特的"，以引入更深的冥想。施沃布从编年史、回忆录、书信等资料中搜集了大量的原始素材，从中汲取故事来源，凭借超凡的想象力编织暗黑情节与细节。他的目的，不是将一系列事件按照时间顺序排列来总结一个人的一生，而是萃取这些非典型人物生命中某些特别的时刻，混合史料、传说和幻想元素，重写他们，使他们从几乎被湮灭的历史标本转化为"在其绝对特异中寻求自我"的鲜活之人。施沃布笔下的每个角色，无法逃避的命运都是最终的死亡，作为传记作家，施沃布让自己笔下的人物死得其所，他们离经叛道的生活与行为只是先兆。戏剧性的一帧帧静态影像如时间的水晶，虽具象征意义，但缺乏因果的联系，然而正是这种缺乏所导致的没有动机的反常行为让其人物个性鲜明。他的故事足以成为个体性的宝库，它们是各种各样脆弱而精致的贝壳，具有不同的纹路、色调和背景，来自同一片大海，体现着普遍人性中痴迷、爱恨、绝望、哀悼、善与恶的分界处的影绰之痕。

施沃布的叙事简洁、精确，悲剧和喜剧的面具常在同一个故事中交替，比如沉浸于深仇与焦虑中的诗人切科·安焦列里，渴望成为浪漫海盗的斯特德·邦尼特，等等。在书中，施沃布精妙地还原了感官体验：小蜥蜴从屋顶上掉下来的声响，覆盖印第安王宝座的长袍上的浣熊皮悬垂的尾巴，遇到海盗时镇静自若的贵格会船长那在海风中飘动的宽边帽檐，等等。《虚构列传》的写作涉及敏锐感官与卓越理性的双重运用与平衡，所有不易察觉的细节召唤读者对事物的细密感知，如作者所言："但是，您若观察一棵树的一片叶子，便会发现它有错综复杂的叶脉，它的色调随着阴影和阳光而变化，雨滴使它饱满，叶面上有昆虫的噬痕、小蜗牛的银色爬迹、秋天第一抹致命的金色。我敢打赌，您搜遍地球上所有的森林，也找不到一片与它一模一样的叶子。"

本书是一个博学之人厌倦了博学的作品，是他的一次"换气"。作为一个生活优越、埋首于古籍与手稿堆的学问家，施沃布也从非理性、寓言和传说的源泉中汲水，他在想象中带领从古代飘游来的苍白消瘦的影子穿过巴黎的街道，召唤魂魄前来演绎他撰写的"哑剧"，给他们戴上精致的面具，让他们伴着异教诡秘而轻快的曲调，或"头高昂向天，以戏剧般的措辞、荷马式风格高诵诗篇"，或"僵硬地徘徊在冥界小路"。离经叛道的元素强烈地吸引着施沃布，他确信世上有一种比理性与知识更深的、存在于混沌中的和谐。施沃布常出没于巴黎的各种沙龙，也流连于街头，与落魄流浪者为友，他对身处底层、被边缘化的人怀有强烈的兴趣和同情。在本书中，反常与堕落几乎是每个角色不可避免的命运，他们保持着某种神秘而黑暗的"惯性"走向各自的不归路。这种异样关切也催生了他的另一部短篇故事集，一部悼念之作——《莫奈勒之书》。这本书与他邂逅的街头女孩路易丝有关，她是一个身患结核病、生活在巴黎贫民窟的半文盲妓女。施沃布着魔于天真而单纯的路易丝，她带他回到童年，进入幻想之域。他们和邻居的孩子一起玩耍，用日常物品——一面镜子和一根蜡烛，一个破碎的娃娃和一只玩具帆船来编故事。但很快路易丝病亡，悲恸的施沃布流连于两人曾经驻足之地，从记忆深处打捞残骸。绝望中，施沃布创造出莫奈勒这一生动形象。

《虚构列传》的翻译参考了多个英译版本，包括 Wakefield

Press, 2018；Solar Books，2009；Longwood Academic，1991。我希望该译本起到抛砖引玉的作用，带来更多施沃布作品的中译本，让更多读者得以接近他。这本在2019年夏天就译出的书，如今终于出版，笔者甚是欣慰，将感谢真挚地送给每一位帮助过它的人。

王一笑

2024年5月

于巴尔的摩圣保罗街寓所

目录

恩培多克勒

传说之神

　　没人知道他的身世，没人知道他是如何来到人世间的。他在位于阿克拉伽斯河金色岸边的怡人之城阿格里真托附近现身，时间稍晚于波斯王薛西斯让人用铁链鞭挞大海。传说他是恩培多克勒的后裔，但谁也没听说过他。如此一来，人们推测最可能的情况是，他是自我孕育而成，这对一个神来说很恰当。但他的门徒们坚称，在他荣耀地穿越西西里的乡野之前，他就已经转化了四种存在方式了，他曾是植物、鱼、鸟和女子。他身穿深紫色长袍，长长的卷发垂覆其上，头戴金箍，脚穿青铜便鞋，随身携带羊毛和月桂织就的花环。

　　他以手触摸治愈病人。他坐在一辆双轮马车上，头高昂向天，以戏剧般的措辞、荷马式风格高诵诗篇。人们成群结队地追随他，匍匐在他面前听他诵诗。晴朗的天空下是明亮的麦田，人们提着各式各样的敬献之物，从四面八方拥向恩培多克勒。他们站在他面前，嘴巴大张着，他让人们迷狂，而他对他们歌咏那神圣的水晶拱顶，那团我们称为太阳的火焰，歌咏那像"巨大球体"般包容万物的爱。

他说，万物皆空，都不过是从这个爱之球体脱落的碎片，仇恨已迁回暗潜入这爱之球体了。他认为，我们称为爱的，其实就是我们彼此联合、融合、混合的欲望，就像很久以前在那个球体神的子宫中一样，它后来却因冲突而被撕裂。他提及某一天，当所有灵魂转变之后，神圣球体会再次充盈。因为我们已知的世界是冲突的产物，它将被爱消融。就这样，他吟咏着穿过城镇与田野。拉科尼亚青铜鞋在他脚上叮当脆响，铜钹声在他前方回荡。同时，埃特纳火山口升起黑色烟柱，将它的阴影投到西西里上空。

恩培多克勒像一位天空之王，他身穿紫袍，腰系金带，那时毕达哥拉斯学派的人还穿着单薄的亚麻束腰长袍和纸莎草鞋。据说，他知道如何治愈眼疾，如何消除肿块和肢体疼痛。人们祈求他阻止暴雨、飓风，他就在一个小山环绕的地方挡住了风暴。在塞利农特，他将两条河流引入另一条河床，从而祛除了一场热病，于是塞利农特人崇拜他，造了一座神庙供奉他，并轧制钱币，使他与阿波罗面对面的形象呈现在钱币上。

也有人声称他是个预言者，曾接受波斯魔法师的教诲，精通巫术，拥有能让人发疯的草药知识。有一天，他在安其托的家里用餐，一个暴跳如雷的人举着一把阔剑冲进大厅。恩培多克勒站起来，伸出双臂，念诵《荷马史诗》中有关忘忧药——无意识的赐予者——的诗节。很快，忘忧药的效力攫住了狂怒之人，让他僵立于原地，剑刃悬空，忘了一切，好像饮了双耳陶杯里混入毒药的微温的起泡酒。

城外的病人来到恩培多克勒身边，他被一大群悲惨的人包围着。女人们混杂在追随者中，亲吻他华美紫袍的衣褶。其中有个女子名叫潘西娅，是阿格里真托一位贵族的女儿。她已被奉献给了狩猎女神阿耳忒弥斯，但她远远逃离了冰冷的女神雕像，发誓要将自己的童贞献给恩培多克勒。我们找不到他们相爱的任何迹象，因为恩培多克勒始终维持着一种神圣的超然，他的言谈带有史诗般的韵律，是伊奥尼亚的口音，虽然那里的人和他的追随者只说多利安语。他的一举一动都神圣庄严。当他接近人们时，要么是祝福他们，要么是治愈他们。大多数时间他都沉默寡言，跟随他的人从未见他睡过觉，人们只看到他的威仪。

潘西娅身着精美的细羊毛裙衫，披金戴银，她的头发编成华贵的阿格里真托样式，那是一种很有名的慵懒优雅的风格。一根红色的扭股丝带衬托她的胸脯，她的鞋底散发馨香。此外，她容颜姣好，身材颀长，光艳照人。无法确知恩培多克勒是不是爱上了她，但他确实怜惜她。那时，一场东方瘟疫传到了西西里的村落，很多人被灾祸的黑指触到，牲畜的尸体沿着大草原边缘散落，随处可见光秃的死羊，它们的嘴巴向着天空张开，肋骨从两侧突起。潘西娅也被这场疫病击垮，倒在恩培多克勒脚下，停止了呼吸。围着他们的人抬起她僵硬的四肢，用烈酒和芬芳剂为她清洗。他们解开她娇嫩胸脯上的红色束带，用布条把她紧紧裹起。她微张的嘴唇被一条绷带紧紧缠上，她深陷的眼睛再也看不到光了。

恩培多克勒凝视着她，从自己额上取下金箍放到她头上。他把预言的月桂花环放在她的胸脯上，祷念着超度灵魂的不明咒语，他命令她起身行走。人群惊恐。在第三声指令发出后，潘西娅离开了阴影国度，身体复活，她起身，还缠绕着裹尸布。人们亲眼看到恩培多克勒召回死者。

潘西娅的父亲皮西安奈克斯来崇拜新的神了。他在领地的树下摆开长桌设宴，上面摆满献祭的酒。在恩培多克勒的两侧，奴隶们高举巨大的火炬。传令官宣布肃静，就好像这是一场秘教仪式。在三更时分，火炬突然熄灭，黑暗笼罩崇拜的人群。一个洪亮的声音高呼："恩培多克勒！"当光亮再次出现，恩培多克勒消失了，人们再也没见过他。

一个惊恐万分的奴隶说，他看到埃特纳火山顶有一道红光劈开了黑夜。当黎明阴沉地降临，崇拜者们爬上荒芜的山坡，火山口仍在喷溅火焰。他们发现，在环绕深渊的被岩浆侵蚀的多孔熔岩上，有一只被烤弯的青铜便鞋。

赫洛斯塔图斯

纵火者

以弗所是赫洛斯塔图斯的诞生地，它从凯斯特河的河口沿着河湾的两边延伸到帕诺拉马码头，从那里能看到萨摩斯海滩隐现在海平线的深暗雾气中。自从马格尼西亚人带着他们的战犬和掷标枪的奴隶在迈安德河岸被击败，而强大的米利都也被波斯人夷为平地的时期开始，以弗所就盛产黄金和丝绸、羊毛和玫瑰。以弗所是座慵懒的城市，人们会在阿芙洛狄忒神庙①里与高级妓女一起歌舞宴饮。以弗所人身穿透明阿莫尔戈斯长袍，紫色、深红色或藏红花色的纺纱亚麻衫；也有人穿着黄苹果色、白色或玫瑰色的塞拉比斯衫，抑或风信子色的埃及服饰，上面饰有闪亮的火焰或波光变幻的大海。还有人穿波斯的卡拉西里斯长袍，这是一种轻巧的、有繁复褶皱的织物，其猩红色里子缀满念珠般的金谷穗。

雄伟的阿耳忒弥斯神庙矗立在普里昂山和一处高高的悬

———————————

① 阿芙洛狄忒神庙曾经拥有一千多名妓女，她们由人们奉献供养，为女神服务。——译注（本书注释均为译注）

崖之间的凯斯特河岸边，它的建造历时一百二十年。神庙内室饰有简朴的绘画。屋顶由乌木和柏木构造而成，沉重的承重圆柱上丹铅剥落。供奉女神的厅房是小巧的椭圆形，中间竖着一块引人注目的圆锥形的、闪光的黑色巨石，上面有金色的月形标志。这就是阿耳忒弥斯神。三角形的祭坛也是以同样的黑石雕成。其他的台面则由黑色大理石板制成，上面凿出整齐的洞眼，用来排干祭品的血。墙上悬挂着有金制把柄的钢刃，用来割开喉咙，地板上堆满带血的被献祭者的头带。那块黑色巨石上有两个坚硬的尖尖的乳房，这就是以弗所的阿耳忒弥斯。她最初的神性已迷失在某个夜晚，消失在埃及墓穴间，后来人们以波斯仪式敬拜她。属于她的奇珍异宝被封存在一个漆成绿色的蜂巢状宝箱里，金字塔形的门上镶着青铜饰钉。在那里，在珍贵的戒指、大量的钱币和红宝石之间，存放着火之王国的主宰赫拉克利特的手稿。当这座神庙还在建造时，这位哲学家就亲手将手稿放入了这座金字塔的底部。

赫洛斯塔图斯的母亲是个暴烈高傲的女人。他父亲的身份不为人知，赫洛斯塔图斯声称自己是火的儿子。他的左胸下方有一块新月形胎记，在他受刑时，那胎记似乎在燃烧。当初给他接生的人预言，他注定会属阿耳忒弥斯支配。他脾气暴烈，一直保持童贞。他的面部蚀刻着细纹，显得很憔悴。他的肤色黝黑。从孩童时起，他就喜欢站在神庙附近高高的悬崖底下。他目送献祭的队伍鱼贯而过。作为一个身世不明的人，他没有资格成为心中至高女神的祭司。僧侣多次禁止他进入神庙的内殿，他渴望去掀开掩盖阿耳忒弥斯的厚重华丽的幕布。他怀恨在心，发誓不惜任何代价也要打破神秘的禁忌。

对他而言，"赫洛斯塔图斯"这个名字独一无二，而他本人也超拔于众人。他渴望荣耀。他先是加入一些讲授赫拉克利特学说的哲学家之中，但他们并不知道这位哲学家教义最隐秘的部分，因为它们被封存在神庙宝库里的小金字塔内了。赫洛斯塔图斯也只能臆测大师的洞见。他对周围的奢华嗤之以鼻。他对妓女们的情爱深恶痛绝。据说，他在为女神守身如玉，尽管阿耳忒弥斯丝毫不眷顾他。看守神庙的长老视他为危险分子，他被严厉监视。总督下令将他放逐到城墙外面，他便在蔻热苏斯山斜坡上一个古人挖的小山洞里栖身。在那里，他整夜紧盯阿耳忒弥斯神庙的灯火。据说，一些知情的波斯人前去陪伴他。但更有可能的是，他的命运是被突然揭示的。

实际上，在被严刑拷问的时候，他承认自己突然领悟了赫拉克利特所言的"上升之路"，以及最出色的灵魂最干硬、易燃的含义。他做证，在此意义上，自己的灵魂是所有灵魂中最完美的，因此他想彰显这个事实。对于自己的行为，他没有给出别的理由，除了对荣耀的渴望和听到自己的名字被别人大喊的喜悦。他宣称，唯有他的主宰是绝对的，因为世人对他的父亲一无所知，而赫洛斯塔图斯将自己给自己加冕。他是自我造就之子，他的行为是世界的精髓。因此，他将同时是帝王、哲学家和神，在世人中独一无二。

公元356年7月21日，月亮还未升起，赫洛斯塔图斯的欲望强烈到了极点，他决心潜入阿耳忒弥斯神庙的密室。他爬下山脊，溜到凯斯特河岸边，爬上神庙的台阶，祭司们的卫士在圣灯旁沉睡。赫洛斯塔图斯抓起一盏灯，进入内殿。

一股浓重的甘松香油的气味从里面散出，乌木天花板的黑色肋板闪亮。由金线和紫线织成的帷幕遮掩着女神，分隔开椭圆形的密室。赫洛斯塔图斯喘着粗气，一把撕开帷幕。他手中的火光照亮可怖的圆锥体和它的两只直挺的乳房。赫洛斯塔图斯用双手抓住它们，贪婪地拥抱这块神圣的石头。然后他转身，看到藏着珍宝的绿色金字塔，他抓住小塔门上的青铜饰钉，强使它松动。他把手指插入那些从未被触摸过的珍宝之间，但他只拿了录有赫拉克利特教诲的纸莎草卷。借着圣灯暗淡的光，他读了所有文本，醍醐灌顶。

紧接着，他大喊："火！火！"

他抓起阿耳忒弥斯的一帘帷幕，用火芯点燃了它的边角。一开始，织物燃烧缓慢，接着，火舌舔到帷幕上浸润的芳香油膏，蓝色火焰迅速蹿升至乌木镶板。那可怕的锥体映射着火焰。

火焰环绕圆柱顶部，沿拱顶四窜，伴随着巨大的金属铿锵声，用来奉献给强大的阿耳忒弥斯的金牌一个接一个从悬挂处落到地面的石头上。屋顶上快速奔窜的火苗爆燃成烈焰，映亮了悬崖。青铜瓦片坍塌。赫洛斯塔图斯立在红光中，对着黑夜大吼自己的名字。

整个阿耳忒弥斯神庙在黑暗的中心变成了一片红色。守卫们抓住了纵火者。他们不得不塞住他的嘴巴，以制止他狂叫自己的名字。他被五花大绑扔入火中的地牢。

阿尔塔薛西斯一世立即下令严刑审讯，而赫洛斯塔图斯只招认已说过的事情。伊奥尼亚的十二座城市发布公告，禁止向后代流传"赫洛斯塔图斯"之名，否则将被处死，但人们的窃窃私语持续不断，把它带至今日。赫洛斯塔图斯火烧以弗所神庙之夜，马其顿国王亚历山大诞生。

克拉特斯

犬儒者

克拉特斯生于底比斯，是第欧根尼的门徒，也与亚历山大相识。他从富有的父亲阿斯康达斯那里继承了二百塔兰同①。有一天，克拉特斯在观看欧里庇得斯的一出悲剧时，看到戏中的密细亚国王忒勒福斯身穿褴褛的乞丐衫、手拿乞讨小篮，受此启示，他从座位上立起身，高声宣布将把继承的二百塔兰同赠给任何想要这笔钱的人。从此以后，国王忒勒福斯那样的装束对他来说就足够了。底比斯人大笑着拥到他的房子前，克拉特斯笑得比他们更欢。他向他们挥掷钱币，将家具也扔出了窗户，抓起一件粗布斗篷和一个讨饭袋子，奔出了家门。

到雅典后，他整天游荡于街巷，背靠土墙，蜷缩在一堆堆污物和垃圾间。他将第欧根尼的所有学说付诸行动，至于第欧根尼的桶，他觉得也是多余的。克拉特斯认为，人既不是蜗牛，也不是寄居蟹。他赤身裸体地生活在废弃物中，将

---

① 古代中东、希腊和罗马的重量单位与货币单位。

面包屑、烂橄榄和干鱼骨塞进他的袋子。他把这个讨饭袋称为他的城池，一座没有寄生虫或妓女的伟大而富饶的城池，它能为它的国王产出足够的百里香、大蒜、无花果和面包。就这样，克拉特斯随身背着他的故乡，它慷慨地喂养着他。

他既不参与公共事务，不嘲弄众人，也不对王族放肆无礼。他并不认可第欧根尼的做法，后者曾大声喊叫："人啊，过来！"然而，等有人来了，他却用手杖敲打他们说："我召唤的是人，不是粪！"克拉特斯待人和善，心无挂虑。他已习惯了受伤。他最大的遗憾是自己的身体不能如狗般柔韧灵活，那样他就能舔自己的伤口了。他也遗憾人必须吃喝以滋养自身。他认为，人应该能自我丰足而无须外界帮助。无论如何，他都不用水洗浴，如果身上的污垢实在难以忍受，他就在墙上刮蹭，并声言驴子也是这样。他很少谈及神或为之心忧。诸神是否存在对他来说无关紧要，因为他很清楚众神对他无能为力。此外，他还谴责那些神灵故意造成人类的不幸，因为他们将人的目光引向天空，剥夺了人与大多数动物共有的四足行走的能力。克拉特斯想，既然神灵决定了我们以食为生，那么他们最好将人脸转向根茎生长的大地——天空或众星并不能喂饱人。

生活对克拉特斯并不慷慨。他因烂睑缘而痛苦，这是因为他的眼睛长久暴露在阿提卡城呛人的尘埃中，一种不知名的皮肤病让他全身长满了疥疮。在用未经修剪的指甲抓挠时，他发现这样一举两得，也就是说，既可以打磨指甲，同时又止了痒。他疯长的头发变成了厚毛毡，刚好为他的脑袋挡雨遮阳。

亚历山大来探望他时，他没有对亚历山大冷嘲热讽，他看待亚历山大与其他旁观者无异，他视国王与大众无别。对于显贵之人，克拉特斯没什么观点，正如诸神对他来说并不重要。只有人本身，以及如何尽可能简朴地生活的问题，才会占据他的思考。第欧根尼的责骂以及改革道德的主张令他发笑。克拉特斯自认为无限地超拔于这些世俗的关切，他把德尔菲神庙山形墙上的神谕改成"活出自己"。在他看来，任何知识都是荒谬的，他只研究身体和必需物之间的关系，尽一切努力简化其所需。第欧根尼像狗一样乱咬，而克拉特斯像狗一样生活。

他有一个门徒，名叫梅特罗克勒斯，是个来自洛马尼亚的富有的年轻人。他的姐姐希帕奇娅美丽而高贵，她爱上了克拉特斯。据说她被他迷住了，一心追随他。这看似不可能，但我们可以肯定是这样。没什么能阻止她，无论是这犬儒者的污秽，还是他完全的贫穷，以及他暴露于公众的生活。他告诉她，他的生活就如一条街边的流浪狗，得在发臭的垃圾堆里搜寻骨头。他还警告说，他们若是在一起，那么生活中的一切都将是没有遮掩的。当欲望来袭，他将当众占有她，就像公狗对母狗所干的。希帕奇娅接受这一切。她的父母极力拦阻她，但她以死相逼，他们出于怜恤，也就让她走了。于是她披头散发，离开了洛马尼亚的村庄，只有一块破旧粗布遮体，她与克拉特斯生活在一起，两人同样装扮。据说，她为他生了一个孩子，起名叫帕西克勒斯，但这无法考证。

据说希帕奇娅对穷人很好，她似乎满心怜悯，亲手爱抚病人，舔那些受苦之人带血的溃疡，不带一点儿嫌弃，她使他们相信，他们对她来说就像羊对羊、狗对狗那样。当寒冷来袭，她跟克拉特斯与其他穷人一同躺卧，紧靠彼此的身体取暖。他们从动物那里学会默默地互助。他们对待前来接近他们的人不偏不倚。对于人，他们都一视同仁。

我们对克拉特斯妻子的事所知甚少，我们也不知道她何时离世，死因为何。她的兄弟梅特罗克勒斯钦慕克拉特斯，想效仿克拉特斯，但他无法达至同样的宁静。他被无法摆脱的肠胃胀气困扰。他感到绝望，决心一死了之。克拉特斯了解到他的痛苦，试图安慰他，于是吃了大量羽扇豆去看望梅特罗克勒斯。克拉特斯问他，那给他造成巨大焦虑的是不是这疾病带来的羞耻，梅特罗克勒斯承认自己已不堪忍受这样丢脸的事。于是，克拉特斯因为事先吃了满腹的羽扇豆，开始在门徒面前放了很多屁，并保证说，大自然让所有人哀哉于同样的症状。之后，克拉特斯以自己为例叱责门徒竟然会因他人对自己的看法而感到羞耻。接着克拉特斯又放了几个屁，然后牵着梅特罗克勒斯的手，带走了他。

他们在雅典街头共同生活了很长时间，无疑，希帕奇娅也和他们在一起。他们话语不多，也不以任何事为耻。他们与狗一起乱翻同一个垃圾堆觅食，狗似乎对他们很恭敬。我们可以想象，如果饿急了，他们没准会和狗打架，相互撕咬，但传记中未提到这一点。我们知道克拉特斯死时已经非常老了，他最后的时光，是终日蜷伏在雅典西南部萨罗尼克湾的一个小城比雷埃夫斯的一间储物棚里，那里是水手们存放货物的地方。他已不再四处寻找碎肉啃咬，甚至都不愿伸出手，有一天，人们发现他已经饿死了，瘦骨嶙峋。

赛媞玛

施咒女

赛媞玛是个奴隶，住在非洲烈日灼烤下的哈德鲁梅图姆。她的母亲阿莫艾娜也是奴隶，而阿莫艾娜的母亲也是个奴隶，她们都是神秘的黑美人，冥界的神灵向她们透露了能引发爱情和导致死亡的魔药。哈德鲁梅图姆是一座白色之城，但赛媞玛所住房子的石头的颜色是颤动的玫瑰粉。海滩上的沙子里散布着贝壳，这些贝壳是被温暖的洋流从遥远的埃及卷来的，从尼罗河的七张嘴倾灌出的七色的花瓶状沙洲带来的。赛媞玛居住的房子滨海，可以看到地中海退潮时海水的银边渐渐消失，从它脚边，一扇绚丽的蓝色线条散至天际。赛媞玛的手掌染成赤金色，指甲涂彩，嘴唇散发着没药的芳香，颤动的眼皮也抹了香膏。她就这样走在城郊的路上，拎着一篮送给仆人们的软面包。

赛媞玛爱上了一个年轻的自由民赛克斯提琉斯，他是狄奥尼西亚之子。但通晓冥界秘密的女人被禁止恋爱，因为她们服从于爱的敌手安忒洛斯。一旦爱神厄洛斯锋利的箭尖瞄准发亮的眼睛，安忒洛斯就会转移人的视线，减弱那支箭的影响。他是个仁慈的神，主宰死者。他不像别的神那么残酷无情。安忒洛斯拥有能抹除记忆的忘忧药，他认为爱是人间苦难中最糟糕的一种，他憎恨爱，治愈爱。尽管他无力将厄洛斯驱逐出被其捕获的心，但他能随即抓住另外那颗心。这就是安忒洛斯与厄洛斯对抗的方式，也是赛克斯提琉斯无法爱赛媞玛的原因，因为一旦厄洛斯点燃初爱者胸中的爱火，安忒洛斯就会恼怒，立即控制那个她最渴望的人。

从赛克斯提琉斯低垂的眼睛里，赛媞玛看出是安忒洛斯在作怪。当黄昏的深红色在空气中颤动时，她离开家，沿着哈德鲁梅图姆的路前往海边。那是一条幽僻的路，恋人们在那里啜饮枣酒，斜倚着被磨得光滑的墓墙。东风将香气吹拂过墓地。一弯朦胧的新月羞怯地忽隐忽现。哈德鲁梅图姆城外，众多经过香料防腐处理的死者端坐在坟墓中。那里也长眠着菲妮萨——赛媞玛的妹妹，她也是奴隶，死于十六岁，还没有任何男子得以呼吸到她的气息。菲妮萨的坟墓狭长，恰如她的苗条身姿。墓石紧贴她裹着布条的胸脯。她凹陷的额前，一块高大的石板封住了她空洞的凝视。她变黑的唇间仍散发出香料的幽香，在她处女的手指上，一枚绿金戒指发出柔光，上面镶嵌有两颗暗淡影绰的红宝石。在无果之梦里，她恒久思忖着许多未解之事。

处子般苍白的新月下，赛媞玛躺在妹妹狭长的坟墓旁。

她放声大哭，将她浓妆的脸紧贴着石棺的雕饰花环，嘴唇凑近灌注祭酒的孔洞，激情喷涌而出。

"噢，我的妹妹，"她说，"醒来，听我说！给初亡者照明的小灯已经熄灭了。我们给你的那只斑斓小药瓶已从你指间滑落。你的项链断了，金珠从你颈项散落。我们再没什么能与你同在，如今鹰头神①是你的主人。听着，我的妹妹，因为你能为我传话了。去你熟悉的那个小屋，恳求安忒洛斯，恳求女神哈托尔，恳求那位尸体遭肢解之后被装在一口箱子里、被海水冲刷到比布鲁斯的神②。妹妹啊，怜悯这种你从未领略过的剧痛吧！以迦勒底的七颗魔法星之名，我哀求你。以迦太基、伊奥、阿布里奥、萨尔巴尔和巴特巴尔诸神之名召唤，聆听我的咒语。让赛克斯提琉斯——狄奥尼西亚之子，对我——赛媞玛，我们的母亲阿莫艾娜之女——着迷。那样，他就会整夜渴望；那样，他就会来你的墓旁寻我。噢，菲妮萨！或者，将我俩都带到冥界吧。乞求安忒洛斯霜冻我们的呼吸，如果他禁止厄洛斯点燃爱火的话。馨香的亡灵，接受我声音的祭酒吧。阿库拉马查塔塔！"

---

① 古埃及神祇荷鲁斯。他是冥王奥西里斯和生命女神伊西斯的儿子，也是前文提及的女神哈托尔的丈夫。

② 奥西里斯。他遭兄弟赛特谋杀，尸体被肢解，后由妻子伊西斯复活。

包着殓布的处女立刻起身，沉潜入大地，她的牙齿裸露着。

而赛媞玛，羞愧地在石棺间徘徊。她滞留在死者中间，度过了第二个无眠夜。她遥望那逃逸之月，对着咸涩的海风敞开喉咙。黎明第一缕曙光爱抚她时，她转身返回哈德鲁梅图姆，长长的蓝色裙裾在身后飘曳。

与此同时，菲妮萨僵硬地徘徊于冥界小路。鹰头神不听她的悲叹。哈托尔女神身着彩色束腰，躺卧在那里。菲妮萨找不到安忒洛斯，因为她不知道什么是欲望。但她凋枯的心能感觉到死者对活人的怜悯。等到第二夜，亡灵们打破束缚，前往兑现咒语的时刻，菲妮萨缠着绷带的双脚走过哈德鲁梅图姆的街巷。

沉睡中的赛克斯提琉斯随着呼吸均匀地颤动，他的脸朝向卧室镶有菱形格子的天花板。死去的菲妮萨裹着带香气的绷带坐到他的床边。尽管她既没有大脑，也没有内脏，但她脱水变干的心脏被放回了胸腔里。那一刻，厄洛斯为了与安忒洛斯作对，抓住了菲妮萨防腐的心。她随即渴望赛克斯提琉斯的身体，以便他能躺在她和赛媞玛之间，在永夜之屋。

菲妮萨将她涂色的嘴唇贴近赛克斯提琉斯活生生的嘴巴，生命之气从他身体里溢出，像一个气泡。接着，她又去赛媞玛那间小屋，牵着她的手。赛媞玛即刻沉入永眠，殒命于她的妹妹之手。菲妮萨的亲吻和牵手几乎在同一个夜晚杀死了赛媞玛和赛克斯提琉斯。这就是厄洛斯和安忒洛斯之争的结局，冥界的能量同时收走了一个奴隶和一个自由民。

赛克斯提琉斯长眠在哈德鲁梅图姆的墓地，躺在施咒女子赛媞玛和她的妹妹菲妮萨之间。咒语被镌刻在一块铅板上，用一根钉子卷起、刺穿，赛媞玛曾将它滑入妹妹坟墓的祭酒孔洞。

卢克莱修

诗人

　　卢克莱修出身于一个已完全从公众生活退隐的显赫家族。他最早的日子，是在一座耸立山间的大庄园幽暗游廊的阴影中度过的。老屋的中庭简朴无华，奴隶都沉默寡言。从幼年起，他就熏染了对政治和人的蔑视。贵族迈密乌斯与他同龄，两人结伴在森林里玩卢克莱修指定的游戏。他们会一起惊奇于古树粗糙的树皮，观察树叶在阳光中的战栗，它们像带有金色斑点的光的青绿面纱。他们时常看到脊背上有条纹的野猪发怒或嗅探地面。他们会经过嗡嗡飞涌的蜂群或列队而行的蚁群。有一天，他们走出一片茂密的矮树丛，突然闯入一处被古老的栓皮槠包围的澄明之地，树冠是如此紧凑，似在他们头顶凿出来一口湛蓝的天空之井。这个庇护所的宁静无边无际。他们像是站在一条宽阔、明亮的大路上，它拔地而起，直抵神圣的天穹。在那里，卢克莱修被安静空间的赐福感动。

　　与迈密乌斯一起，他离开静谧的森林神殿去往罗马学习雄辩术。管理那座大庄园的年迈贵族将卢克莱修介绍给了一位希腊学者，并要求他，除非掌握了藐视人类一切行为的艺术，否则不得回去。卢克莱修再也没有见到那位贵族。老人带着对喧嚣社会的憎恶孤独地死了。当卢克莱修重返这座壮观的、空荡荡的老宅时，他将一个美丽、野蛮、冷酷的非洲女人带到这简朴的中庭和一群沉默的奴隶之中。迈密乌斯回到了他的祖宅。卢克莱修厌倦了残酷的派系之争、敌对的党派冲突和腐败的政治。他坠入了爱河。

一开始，他的生活似被施了魔法。非洲女人将她浓密的头发斜铺在墙饰上，或者玉体横陈于卧榻之上。她能柔软地环绕装满起泡酒的双耳瓶。她的手臂装点着半透明的祖母绿翡翠。她会以一种诡异的方式举起一根手指，摇晃头部。她的笑容来自隐秘之源，来自深幽神秘的非洲河流。她不再纺织羊毛，而是耐心地将羊毛撕成碎屑，让它们飘浮在她周围。

卢克莱修热切地渴望融入她美丽的身体。他抓住她金属色的胸脯，深吻她黑紫色的嘴唇。恋人的絮语在两人之间传递，他们发出叹息，他们大笑到筋疲力尽。他们触碰那隔开情人的柔韧而隐晦的面纱，肉欲带来的欢愉越来越激烈，想要完全占有对方。欲望抵达极致，以肉体缠缚自己，却始终没能穿透内心。非洲女人撤入她的异域之心。卢克莱修失望了，感觉他永不可能在爱中成功。那女人变得傲慢、阴郁、沉默，与中庭里的奴隶们没什么不同。卢克莱修闲逛入书房。

在那里，他打开一册书卷，书上抄录着伊壁鸠鲁的论述。

很快，他悟解了世上事物的多样性与努力实现意图的徒劳。宇宙对他来说，似乎像那非洲女人用手指散布在房间里的羊毛碎屑。蜜蜂群、蚂蚁队列和薄纱般飘动的树叶，对他来说成了一个个的原子团。他感到遍及自己周身的，是无形的、各执己见的群体，渴望相互分离。对他来说，众多目光已成为肉身化的微妙光束。他看到的蛮族女人的形象，是悦目的彩色马赛克，他感到这无限的运动的结局是可悲且徒劳的，正如罗马溅血的内讧，以及那颇具嘲讽意味的议会、雇佣军。他沉思原子聚集起来形成的旋转的涡流，被同样的血玷污，为着晦暗的霸权而争执不休。于是他认识到，死亡所带来的消散不过是释放了这群乌合之众，之后它们还会重复无数同样毫无意义的运动。

一旦领悟了纸莎草卷的教诲——其中的希腊词语一如组成世界的原子般相互交织——卢克莱修就即刻起身离开山庄的黑暗走廊，遁入森林。他注意到背上有条纹的野猪，猪鼻总是在嗅拱着泥土。随后，他穿过丛林，突然发现自己置身于那座澄明寂静的森林神殿，他的眼睛深潜入蓝色的天空之井。在那里，他坐下来休憩。

在那个地方，他思索宇宙所蕴含的浩瀚无垠：所有的石头，所有的植物、树木，所有的动物、人类，它们不同的色彩、情感、手段，以及形形色色事物的历史，它们的诞生、腐败和死亡。在所有最必然的死亡中，他清晰地感知到非洲女人极不寻常之死，他大哭。

他明白，眼泪来自眼皮下特定的小腺体的活动，而那些腺体被心脏释放出的一系列原子扰动，心脏被心爱的女人的形象发出的彩色图像震动。他知道，爱只是原子群与原子群对于相互融合的渴望。他知道因死亡而悲恸徒劳无益，这是所有世俗幻觉中最坏的，因为人一旦死去，不幸与受苦就终止了，而那个为逝者而悲伤的人，更多是受到自己的悲恸的折磨，并沮丧地想到了自身的死亡。他也知道，我们身后没有留下任何幽灵或幻影能为陈列脚下的自己的尸体洒泪。尽管他彻悟了悲伤、爱和死亡，在忘却自我的平静之地沉思它们，明白它们不过是虚无的幻象，但他依然恸哭，渴望爱，恐惧死亡。

这就是为什么，他又返回祖先留下的阴沉、壮观的山庄。他逼近那个美丽的非洲女人，她正用金属锅煨煮一种奇怪的混合物。她也独自仔细思虑过了。她的思绪已回返自己微笑的神秘之源。卢克莱修注视着锅里仍在冒泡的液体，它一点儿一点儿变得清澈，如绿色风云翻涌的天空逐渐变得明澈。美丽的非洲女人摇着她的头，竖起一根手指。随后，卢克莱修饮下药水，顿时失去了心智，他遗忘了纸莎草卷里的所有希腊词语。第一次，他疯狂了，他懂得了爱。在那夜，被下毒的他领会了死亡。

克洛狄娅

无耻贵妇

她是罗马执政官阿庇乌斯·克劳狄乌斯·普尔喀的女儿。她幼年时，眼中就闪耀着异样的火花，这使她在兄弟姐妹间显得很突出。她的姐姐特媞娅很早就出嫁了；最小的妹妹完全听命于克洛狄娅所有的心血来潮；她的哥哥阿庇乌斯和凯乌斯已开始收藏果壳战车和皮制青蛙，吝啬地独享，他们成人之后会更贪婪地搜刮赛斯特斯银币。但俊朗阴柔的克洛狄乌斯成了姐妹的陪伴。克洛狄娅目光热切地说服她们给他穿上长袖裙衫，戴上用金线织成的小帽，腰系柔软的饰带。然后，她们用一张彩焰面纱罩住他，将他领入内室，于是他便与三姐妹同床共枕。他最青睐克洛狄娅，但也夺走了特媞娅及最小的妹妹的童贞。

克洛狄娅十八岁时，她的父亲去世了。她仍留在巴拉丁山顶的房子里。她的哥哥阿庇乌斯接管了家族财产，凯乌斯则准备参与城邦的公共生活。克洛狄乌斯依然纤美、面容姣好，仍然睡在两个姐妹中间，她们都叫克洛狄娅。她们开始偷偷将他带入浴池，付一枚铜币让健壮的奴隶给他们三人按摩，然后又把钱要回来。克洛狄乌斯和他的姐妹在一起时，也被视作女孩。他们婚前以此为乐。

后来，最小的妹妹嫁给了卢库卢斯，随着丈夫去了亚洲，那时卢库卢斯正与米特拉达梯作战。克洛狄娅选了她的表兄梅特卢斯做丈夫，他是个体格魁伟的老实人。那个时期社会动荡不安，他是个保守而狭隘的人。克洛狄娅无法忍受他的乡野式粗朴。她仍梦想着为亲爱的克洛狄乌斯找点儿新鲜乐子。恺撒最近开始引得众人瞩目，克洛狄娅想让他垮台。庞波尼乌斯·阿提库斯就给她带来了西塞罗。她的社交圈里是一帮戏谑、殷勤的贵族。环绕她的，有利奇尼乌斯·卡尔弗斯，还有年轻些的库里翁，绰号"小姑娘"；显赫的塞克斯提乌斯·克洛狄乌斯接受她的差遣；伊格纳提乌斯和他的圈子都听命于她；维罗纳的卡图卢斯和凯利乌斯·鲁富斯也都爱恋她。而梅特卢斯笨拙地坐着，一言不发。关于恺撒和他的下属军官马穆拉的流言蜚语渐盛。后来，梅特卢斯被任命为总督，离家前往内高卢任职，克洛狄娅独自留在罗马，与梅特卢斯的妹妹穆奇娅住在一起。西塞罗完全被克洛狄娅炽热的大眼睛迷住了。他想抛弃妻子特伦媞娅，臆想克洛狄娅也会离开梅特卢斯。但特伦媞娅识破了丈夫的打算，就恐吓丈夫。西塞罗害怕了，声明放弃自己的心念。特伦媞娅进一步逼迫，西塞罗不得不与克洛狄娅绝交。

与此同时，克洛狄娅的兄弟克洛狄乌斯也没闲着。他忙着向恺撒的妻子庞培娅求爱。在一个祭祀善德女神的冬夜，只有女人们才被允许逗留在执政官恺撒的房子里。庞培娅独自献祭。克洛狄乌斯男扮女装，就像他的姐妹曾为他装扮的那样，假装成演奏齐特琴的少女进入庞培娅的房子。一个奴隶认出他来，庞培娅的母亲敲响了警钟，这件事成了丑闻。克洛狄乌斯企图为自己辩护，发誓说出事那晚他和西塞罗在一起，特伦媂娅逼迫丈夫驳斥，西塞罗于是做证反驳克洛狄乌斯。

自那以后，克洛狄乌斯发现自己被踢出了贵族圈。他的姐姐已近三十岁，但她的炽情一如既往。她出主意让克洛狄乌斯取信于平民，从而成为平民护民官。梅特卢斯此时已回到罗马，看穿了她的计谋，并嘲笑她。在没有克洛狄乌斯拥伴的日子，她便与卡图卢斯厮混。她的丈夫梅特卢斯似乎难以忍受他们。克洛狄娅决心摆脱他。一天，他疲惫厌烦地从元老院回到家，她递给他一杯喝的，梅特卢斯饮下便倒在中庭，死了。从那时起，克洛狄娅获得了自由。她离开丈夫家，立即返回巴拉丁山顶庄园和克洛狄乌斯一起隐居。她的妹妹也离弃了丈夫卢库卢斯加入他们。他们重新回到三人同居的生活，发泄着满心怨恨。

克洛狄乌斯先是成了平民，后被任命为平民护民官。尽管他外表女性化，但他的声音洪亮粗粝。他成功放逐了西塞罗，就在这位雄辩家眼前将他的房屋夷为平地，他发誓要毁灭、杀死西塞罗所有的朋友。执政官恺撒远在高卢，对此鞭长莫及。不过，西塞罗通过庞培施加影响，第二年就被召回了罗马。年轻的平民护民官极度恼火。他暴力攻击西塞罗的朋友米隆，后者刚刚开始谋求执政官一职。一天夜里，克洛狄乌斯潜伏着企图杀死他，但只击倒了一些举着火把的奴隶。克洛狄乌斯的支持率因此骤降。关于克洛狄乌斯和克洛狄娅的歌谣在城里传唱。西塞罗发表了一场演讲，狂怒地抨击他们，将克洛狄娅比为美狄娅和克吕泰涅斯特拉。姐弟俩怒火冲天。克洛狄乌斯企图纵火焚烧米隆的房子，黑暗中被后者的贴身保镖们杀死。

克洛狄娅绝望了。她先后接受又抛弃了卡图卢斯、凯利乌斯·鲁富斯以及伊格纳提乌斯，他的朋友曾带她去最低廉的客栈，然而她只爱自己的兄弟克洛狄乌斯。为了他，她毒死了自己的丈夫。为了他，她引诱、怂恿了一帮纵火犯。一旦他死了，她就失去了生活的目标。她依然貌美且色欲旺盛。她拥有一座乡间别墅，坐落在去往奥斯提亚的路上，在台伯附近和巴亚还拥有几处园林。那些地方成了她的庇护所，她想借助与其他女人的歌舞使自己分心，但仍无法释怀。她的心仍沉湎于克洛狄乌斯的放浪声色，她仍能看到他光洁柔美的面容。克洛狄乌斯曾带她去过的一个客栈也常在她的记忆中浮现，那里门口的山墙被炭灰涂得污迹斑斑，在那里喝酒的男人们散发着强烈的气味，胸毛浓密。

于是，她再次返回罗马。头几个晚上，她游荡于罗马的广场或窄巷。她眼中傲慢的火花依旧，没有什么能熄灭它们。她尝试过所有的办法，甚至站在雨中或睡在泥里。她进入带有封闭隔间的公共浴场，出没于奴隶们掷骰子赌博的地穴，以及洗碗工和赶牲畜的人经常宿醉的低劣小酒馆。她熟悉所有这些。她还在偏僻街巷的石子路边拦截过路人。她死于一个闷热之夜的将尽时分。出于一种古怪的旧习复发。一个漂布工曾付给她一枚铜币。黎明前，他在一条小巷看到克洛狄娅过来了，他想要回自己的钱，就勒死了她。他将她的尸体扔进台伯河黄浊的河水里，她的大眼睛圆睁着。

佩特罗尼乌斯

小说家

　　他出生于这样的年代：身着绿色长袍的街头艺人让训练有素的小猪蹿过火圈；穿樱桃色束腰外罩的大胡子杂工，会站在官邸大门口有色情图案的马赛克旁将豌豆剥到银盘里；那时，暴发的自由民钱袋叮当作响，他们会想方设法去省城谋求一官半职；那时，演说家会在正餐后的甜点时间高声念诵史诗，语言中泛滥着囚禁奴隶的私人监狱里的俚语和源自亚洲的冗赘之词。

　　就是在如此风雅的年代，他度过了童年。他的提尔紫羊毛服饰从未穿过第二次。银器若是掉落到中庭的地上，会跟垃圾一起被扫走。每餐的食物都出自最精致、超乎想象的食材，厨师们不断地变换着食物的花样。剥开一个鸡蛋，发现它里面有一只林莺也不用惊讶；切开鹅肝雕刻成的普拉克西特列斯的雕像仿制品也不必担心；用来密封双耳细颈陶罐的石膏被精心地镀了金；印度象牙制成的小盒子里装着送给宾客的浓郁香水；凿有许多孔洞的敞口水罐里盛满彩色水，喷洒时令人眼花缭乱。所有玻璃器皿都装饰有色彩斑斓的怪

030

物。一种特制大茶壶的把手会在拿起它的人手里松动，从茶壶两侧喷洒出人造彩花；两颊绯红的非洲鸟在金笼里啾鸣，富丽堂皇的墙壁上镶嵌着屏风，那后面有来自埃及的犬面猴在咆哮；贵重的壁龛里爬行着柔软纤细的小兽，它们有着柔和明亮的蔚蓝色眼睛，身上覆盖着闪烁微光的鳞片。

佩特罗尼乌斯慵懒地生活着，认为空气是专门为了他的呼吸而熏香的。等到青春期，他便将初生的胡须锁入一个华丽的盒子，开始四下环顾。一个曾在角斗场服侍过的名叫西鲁斯的奴隶，带给他许多前所未闻的东西。佩特罗尼乌斯并非贵族血统，他身材瘦小，肤色黝黑，一只眼睛斜视。他有一双工匠的巧手，心性脱俗，因此他很喜欢遣词造句并将它们写下来。他的词句仅仅是模仿再现身边的事物，与古代诗人的创作毫无相似之处。直到后来，他不幸有了创作诗篇的野心。

为此，他结识了野蛮的角斗士和十字街口的自夸者，在市场里翻弄青菜只是为了偷拿一块肉的斜眼人，伴着元老院议员们漫游的卷毛孩子们，在街角闲聊议论城邦事务的老人，好色的男仆，以及一心想暴富的女孩们、水果贩子、旅店老板、潦倒的诗人、偷东西的女仆、不三不四的女祭司和浪荡的士兵。他的斜眼观察着他们，准确推断他们的行事方式和诡计。西鲁斯引他进入奴隶的浴池、卖淫者的小隔间和许多隐匿角落，那里有马戏团跑龙套的人在用木剑训练。在城门外的墓地里，西鲁斯给他讲变形人的故事，黑人、叙利亚人、酒吧招待的传言，口口相传的传奇等。

　　大约三十岁时，佩特罗尼乌斯极度渴望这种形形色色的自由，他开始撰写出格的、堕落的奴隶们的故事。在炫目的奢华中，他辨识出他们所特有的品性；在上流阶层盛宴间彬彬有礼的谈话中，他辨识出他们的想法和语言。他独自伏身在羊皮纸卷上，倚着一张幽香的香柏木书桌，用芦管笔尖刻画出一个无名之辈的历险。借着高窗透入的光，在镶木墙挂着的画作下方，他想象着被冒烟的火把照亮的小旅馆、笨手笨脚的夜间打斗、旋转的木头烛台，被法官的奴隶的斧头砸开的锁、大批跳蚤出没的油腻窄床，以及在视察时，对成群的、裹着破窗帘或烂抹布的穷人呵斥的长官。

　　据说，他创作完十六本书，叫来西鲁斯读给他听，这个奴隶拍手大笑，大喊大叫。就在那一刻，两人开始构想将佩特罗尼乌斯发明的这些冒险付诸行动。塔西佗的记述有误，他说佩特罗尼乌斯是尼禄的内廷时尚顾问，因卫队长提格利努斯的嫉妒而被害死。佩特罗尼乌斯并非低吟着一些淫荡小诗溺死在一个大理石浴池里。实际上，他和西鲁斯一起逃之夭夭，四处流浪。

　　他的外貌更易伪装。西鲁斯和佩特罗尼乌斯轮番背着装有钱币和衣物的小皮袋。他们夜晚露宿在垒砌了十字架的小土墩旁。他们看到墓碑旁守夜的凄冷小灯发出暗淡的光。他们吃酸面包和苦橄榄。我们不知道他们是否偷窃。他们成了巡游魔法师、江湖骗子，也成了流浪士兵的同伙。佩特罗尼乌斯过上了这种曾经想象的生活，同时也彻底放弃了写作。他和西鲁斯喜欢那些胡作非为的年轻朋友，但这些人在拿走他们最后一枚硬币后，在城门旁抛弃了他们。他们和逃亡的角斗士一起放浪形骸。他们有时也当理发师和澡堂擦洗工。有几个月，他们靠从坟场偷来的用于祭奠的面包活着。佩特罗尼乌斯死气沉沉的斜眼和黑黝黝的面容吓坏了过往的人。一天夜里，他失踪了。西鲁斯觉得，去某个阴暗肮脏的小隔间里能找到他，他们曾在那里和一个头发蓬乱的妓女鬼混。但他已被一个喝醉的盗贼用一块厚刀片割了脖子，那时他们正一起躺在田野深处一块废弃的陵墓石上。

苏弗拉

占卜师

　　阿拉丁的故事误传，说那位非洲占卜师在他的宫殿里被毒死了，他的尸体在毒药的作用下变黑、爆裂，被扔给了狗和猫。但真相是事态的发展让他的兄弟心灰意冷，他披上圣法蒂玛的长袍后刺伤了自己。可以肯定的是，莫格拉比·苏弗拉（占卜师的本名）只是被强烈的致幻剂催眠了，当阿拉丁与公主温柔地拥抱时，他设法从大殿的二十四扇窗之一溜走了。

　　他轻松地沿着一根通向大露台的金色排水管滑下，刚触到地面，宫殿就消失了，将苏弗拉独自留在沙漠的沙砾中。他什么也没带，更别提拿一瓶非洲红酒，那些酒是他奉狡诈的王妃之命从一个地窖里攫取的。他绝望地坐在骄阳下，心知肚明围绕着他的大片灼热的沙子是无边无际的，用斗篷盖住脑袋等死。他手边没有一件法宝可用，无香可熏，更不用想有一根会跳舞的魔杖为他指点深藏的水源以平息他的焦渴。夜幕降临，天空墨蓝，仍然很闷热，但多少缓解了一点儿他发炎眼睛的灼烧感。这时，他想到可以在沙地上撒沙画一个占卜图，求卜他是否命中注定会腐烂在沙漠里。他用手指画出四条点状长线，左边召唤火、水、土、气的咒语，右边召唤南、东、西、北。从这些线的末端，他收集偶数和奇数的点组对，以组成第一个图形。让他高兴的是，他看到的图是"命定劫数"，预示接下来他将逃脱眼前的险境。第一个图形被放入第一个占星宫，是问卜者的宫位。而在"天心"的宫位上，苏弗拉再次发现了"命定劫数"，宣称他将成功并赢得荣耀。但在第八宫，即"死亡"宫，出现了一个"红色人像"，这预示着血或火，是凶兆。悉数采集了十二宫信息之后，他从中抽出两个作为见证，再从两者中抽出一个作为评判，以确保他的推断正确。借以评断的图形是"囚牢"，因此他知道，他将获得荣耀，但会面临巨大的危险，被禁闭在某个隐秘地点，与世隔绝。

确定死亡不会迫近，苏弗拉开始沉思。他已无望取回神灯，神灯与宫殿已经被远送至中国。尽管如此，他想到，自己从未探究过法宝的真正主人的身份，也就是那藏有无数珍宝与内有珍稀瓜果的花园的前主人。从第二个占卜图形中，他借用字母表转码拼读出几个字母：S. L. M. N.，他在沙上追踪它们，第十宫确认那些字母的主人是一位国王。苏弗拉恍悟，神灯是所罗门①王的宝藏之一。随即他聚精会神地研究了所有的符码，"龙头"显示出他所寻找的东西，因为它与"男孩"图形以及"囚牢"相连，男孩图标记着深埋于地下的宝藏，而囚牢图则显示密室的位置。

苏弗拉不禁鼓掌。因为占卜图形显示，所罗门王的尸体也埋藏在非洲的那片区域，他的手指上依然戴着那枚万能印章，它能赋予尘世不朽。所罗门王就是借此睡过了无数的年代。苏弗拉喜出望外，他等着黎明到来。在碧蓝的晨光里，他看到一些贝都因劫掠者经过。他恳求他们，他们同情他的不幸，送给他一袋枣和一只装满水的葫芦。

苏弗拉步行来到指定地点。这是一处乱石嶙峋的不毛之地，夹在四座光秃秃的山之间，山尖耸起如四根手指指向天空的四角。他在那里画了一个圆圈，喃喃一些词语。大地颤抖，轰然洞开，露出一块大理石板，上面有一个青铜环。苏弗拉抓住青铜环，三次呼叫所罗门之名。石板随即悬升，苏弗拉顺着一道狭窄的楼梯井走入地下通道。

两条火焰狗从过道两边的壁龛中蹿出，喷出两道交织在一起的烈焰，但苏弗拉念起魔咒，咆哮的狗便消失了。随即

---

① Salomon，刚好与前述字母 S. L. M. N. 吻合。

他走到一扇铁门前，刚一碰到那门，它就向内悄然打开。他继续沿着雕刻的斑岩过道走去。七个烛台燃着长明灯。通道的尽头是一个正方形的房间，墙壁嵌有碧玉。房间的中心，一只黄金火盆发出强光。由一大块冷火般的钻石制成的床上，横躺着一位古代的白髯老人，他的头上戴着一顶王冠。国王的近旁，躺着一具婀娜却已枯槁的尸身，她的手依然伸出，像是要去抓住国王的手。火热的吻早就消散了。从所罗门王垂下的另一只手上，苏弗拉看到了那枚指环上至高封印的闪光。

他跪下，匍匐向床榻，抬起那只皱缩的手，滑下那枚指环，抓住它。

立刻，晦涩的占卜预言实现了。所罗门王不朽的长眠被打破，他的尸体瞬间分崩离析，缩成一小撮圆亮的骨粒，而那双精致的木乃伊之手似乎仍在守护。苏弗拉被死亡宫里的"红色人像"的能量击倒，喷出一股朱红色的血流，那是他生命中全部的鲜血，他陷入尘世不朽之眠。他的手指上戴着所罗门王的印章，躺倒在钻石榻旁，经过无数的时代也不会朽坏，被禁闭在占卜图给出的"囚牢"的隐秘地点。斑岩过道尽头的铁门轰然落下，两只火焰狗立起，守护着不朽的占卜师。

弗拉特·多尔奇诺

异教徒

　　他是从佛罗伦萨圣弥额尔教堂开始学会认识神圣之物的，他的母亲经常举起他，让他的小手能触到悬挂在圣童贞女像前的蜡像。他父母的房屋毗邻洗礼堂。每天清晨、正午和傍晚，他三次看到方济各会的两位修士经过，他们一路讨要面包，将讨来的食物放入篮子。他经常尾随他们到隐修院的大门口。修士中的一位已经非常老了，他声称是圣方济各亲自授予了自己圣职。他答应这个孩子，要教他鸟语，教他如何与田野里许多可怜的野兽交谈。不久，多尔奇诺就整日逗留在隐修院里了。他与教会的兄弟一起唱圣歌，他的歌声悦耳动听。当提醒择菜的铃声响起，他会与修士们一起围着一个大盆清洗蔬菜。厨师罗伯特借给他一把旧刀，还允许他用抹布擦干碗碟。多尔奇诺喜欢看饭堂角落里的灯罩上面画着的十二使徒，他们脚穿木屐，肩披小斗篷。

　　但他最欢欣的，是跟着修士们出去挨家挨户讨要面包，他可以提着蒙布的篮子。一天，他们就这样上路了，到正午时分，他们被沿河低矮棚屋里的几户穷人拒绝。天气酷热，修士们饥渴交加。他们进入一处陌生的庭院，多尔奇诺惊叫起来，放下篮子。因为那个庭院两旁长满厚密的藤蔓，还有各种赏心悦目、发着柔光的绿色植物。群豹蹿跃，与许多异域野兽一起嬉戏，还有少男少女们围坐着，身着鲜亮服饰，安静地演奏六弦琴和齐特琴。深邃的宁静弥漫在那个地方，树荫浓密芬芳。所有人都安静地听着歌手唱歌，他们的歌声离奇脱俗。修士们张口结舌。他们的饥饿和焦渴突然都平息了，他们也不敢鲁莽讨要什么。虽然极其不情愿，但他们还是决定离开。当他们到了河边，再向后看时，却发现那堵墙并没有入口。他们觉得那是妖术导致的幻觉，直到多尔奇诺发现那只篮子。篮子里面装满了白面包，仿佛是耶稣亲手放进去的。

这就是多尔奇诺遇到的乞讨奇迹。那之后，他没有加入修会，他对奉召有了更高远独特的观念。修士们带着他云游，从一家隐修院到另一家，从博洛尼亚到摩德纳，从帕尔马到克雷莫纳，从皮斯托亚到卢卡。到比萨时，他感到自己被真正的信仰席卷了。那是一天夜里，他正在主教宫外的高墙上睡觉，被一阵布西纳号角声惊醒。城镇的广场上，一群孩子手拿树枝和小蜡烛，围聚着一个正在狂吹铜号角的粗野之人。多尔奇诺相信自己看到了施洗约翰。那人有一撮浓黑长髯，穿一件黑粗布衫，一个红色的十字标记从脖子垂到脚踝。他披裹着一张兽皮。他用一种可怖的声音大喊："赞美、祝福和荣耀归于圣父！"孩子们高声重复他的话。接着他又大喊："归于圣子！"孩子们重复。接着他又大喊："归于圣灵！"孩子们跟着说同样的话。随后他和他们一起唱："哈利路亚，哈利路亚，哈利路亚！"最后，他吹响号角，开始传道。他的言语像高山红酒般严冽，却打动了多尔奇诺。那位穿着粗布衫的修士四处吹号，多尔奇诺奔过去赞美他，渴望像他那样生活。那人无知无识，暴躁不安。他并不懂拉丁语。为了下令悔罪，他呼喊："悔改！"他还不祥地宣告了梅林、女先知和隐修院院长约阿基姆这些人的预言，后者被记载于《形象之书》。他预言，敌基督者已经到来，他以皇帝弗雷德里克·巴巴罗萨的模样到来，他的毁灭已经完成，按照《圣经》的解释，七个教会随后会兴起。多尔奇诺一路追随他去到帕尔马，在那里，他受到启示并彻悟。

"报喜者"先于七个教会的创始人到来。多尔奇诺立在帕尔马一块古老的石头上宣告了自己新的信仰，那块石头也是多年来地方官召集民众发布公告之地。他说，信众必须穿白色的短斗篷，就像小兄弟会①饭堂的灯罩上画的使徒那样。

---

① 即方济各会。

他对人们坚称，施行洗礼还不够，还必须完全恢复孩童的纯真。他讨了一麻袋钱，分给穷人、小偷和娼妓，宣布他们不需要再劳作了，而应该像旷野里的野兽那样生活。原先隐修院的厨师罗伯特跑来追随多尔奇诺，他用从可怜的穷修士那里偷来的碗为多尔奇诺盛饭。虔诚的人们相信，耶稣基督骑士团或圣玛丽骑士团的时代已再次到来，无根而狂热地追随盖拉尔多·塞加雷利①的时代重返了。他们充满喜悦地聚集在多尔奇诺周围，喃喃着："天父，天父，天父！"但帕尔马的修士们将他赶出了城。出身高贵的小女孩玛格丽塔追出通往皮亚琴察的城门，跟随他跑了。他给她披上一个有十字标记的麻袋，带走了她。养猪的人和牲畜贩子目送他们穿过旷野。很多人扔下牲畜加入他们。一些女囚，被克雷莫纳的男人们残忍地割了鼻子，也来恳求跟从他们。她们的脸蒙在白色亚麻布里。玛格丽塔指导她们。他们全都扎营在距离诺瓦拉不远的一座树木繁茂的山上，过着一种集体生活。多尔奇诺没有制定任何律令规章，他给信徒的一条确定的教义是，所有东西都必须来自施舍。一些人以从树上采摘浆果为生，一些人去城镇乞讨，还有些人去偷盗牲畜。多尔奇诺和玛格

---

① 使徒兄弟会创始人。

丽塔过着天底下最为自由自在的生活。但诺瓦拉的人们并不理解他们。农民们对偷盗和丑闻怨声载道。一队武装人员被召集起来包围了那座山。信徒们被赶了出来。多尔奇诺和玛格丽塔被绑在一头驴的背上，脸朝着驴屁股。他们被带到诺瓦拉的大广场。在那里，两人被绑在同一个木桩上，以正义的名义被烧死。多尔奇诺唯一的请求是，恩准他们受刑时穿着衣服，在火焰中，像灯罩上的十二使徒一样，穿着白色的短斗篷。

切科·安焦列里

仇恨诗人

　　满腔仇恨的切科·安焦列里诞生于锡耶纳，同一天，但丁·阿利吉耶里诞生于佛罗伦萨。切科的父亲通过做羊毛贸易致富，他是皇权的拥趸。从孩童时期起，切科就嫉妒权贵，后又鄙视他们，嘀咕着一些反对他们的狠话。那时，很多贵族已不想再臣服于教皇。然而，吉柏林派①屈从了。但归尔普派②自身也分裂成了白党和黑党。白党并不反感皇权的干预，黑党只对教会、罗马和罗马教廷效忠。切科本能地加入了黑党，或许是因为他父亲是白党的一员。

　　他对父亲的憎恨几乎从他第一口呼吸就开始了。他十五岁时，便强烈要求分割家族财富，就好像老安焦列里已经死了。在被父亲拒绝之后，他气急败坏地离家出走。从那以后，他就没有停止抱怨，向遇到的人、向天庭谴责他的父亲。他从罗马大道来到佛罗伦萨。白党仍然统治着那座城

① 又称皇帝派，是支持神圣罗马帝国的派别。

② 又称教宗派，是支持教宗的派别。

市，甚至在吉柏林派被驱逐之后也是如此。切科乞讨食物，因父亲的冷酷而恸哭，最后，他在一个鞋匠的棚屋里找到了落脚之地。鞋匠有个女儿，名叫贝琪娜，切科觉得自己爱上她了。

鞋匠是个头脑简单的人，他敬拜童贞女，佩戴刻有她形象的徽章，而且深信自己的虔敬给了他用劣质皮革做鞋子的权利。就寝之前，他会与切科就着松脂蜡烛的光谈论神圣神学和奇异恩典。贝琪娜洗刷着餐碟，她的头发总是乱蓬蓬的，经常取笑切科的歪嘴。

那个时期，关于但丁对波尔蒂纳里的福尔科·里科韦罗之女贝雅特丽切的离谱爱情的传言在佛罗伦萨不胫而走。文人雅士私下都能背诵他献给贝雅特丽切的情诗。切科听过他们诵读这些诗，他严厉贬损它们。

"噢，切科，"贝琪娜说，"你可以嘲笑这个但丁，但你不能为我写出这么美的诗。"

"我们走着瞧。"安焦列里大笑着说。

有生以来第一次，他作了一首十四行诗，在诗里，他批评了但丁的情诗韵律和意义。接着他又写了几首诗献给不识字的贝琪娜。在切科诵读给她听时，她大笑起来，因为她无法忍受他多情的歪嘴。

切科一贫如洗，穷得像教堂里的石凳。切科强烈地爱着圣母，这让鞋匠对他很宽容。他俩看不到周围发生的事，除了几位可怜的接受黑党资助的修士。他们对切科的期望更多，他看上去像是个有见识的人，但鞋匠无论如何都不给他一分钱。因此，尽管切科的虔敬值得称赞，但鞋匠还是被迫将贝琪娜嫁给了一个肥胖的邻居——橄榄油商人巴贝里诺。"橄榄油也是神圣的啊！"鞋匠虔诚地对切科·安焦列里说，为自己辩解。婚礼差不多是在贝雅特丽切嫁给西莫内·德·巴尔迪的同一时间举行的。切科重蹈了但丁的剧痛。

只是贝琪娜并没有死。1291年6月9日，但丁在一叠纸上作画，这天是贝雅特丽切的第一个忌日。碰巧，他画的是一位天使，脸庞与他所爱之人的相似。十一天后，6月20日，切科·安焦列里获得了贝琪娜的一个吻（当时巴贝里诺正在市场里卖橄榄油）。他写了一首燃情的十四行诗，但他心中的恨意并未消减。他不但想要爱情，还想要金子。可放高利贷的人一分钱也不给他。于是他寄望于从父亲那里得到一些钱，便启程去锡耶纳。但老安焦列里拒绝了自己的儿子，甚至连一杯薄酒也不给他，任他坐在房前的路边哀叹。

切科看到房子里有一个刚送来的装满金币的麻袋，那是他们在阿尔奇多索和蒙特吉奥维的庄园的收入。他却饥渴得要死了，他的斗篷破烂不堪，他的衬衫被汗水浸透。他风尘仆仆地返回了佛罗伦萨。巴贝里诺将他赶出了商铺，因为他破衣烂衫。

那个晚上，切科去了鞋匠的棚屋，鞋匠正坐在烛火的烟气中念诵一首献给玛利亚的顺从赞美诗。

他俩紧紧相拥，虔诚地抽泣。唱完一首赞歌后，切科告诉鞋匠自己对父亲怀有的憎恨是如何可怕、令人绝望，那个老男人似乎会像那个流浪的犹太人波塔德奥[1]一样长寿。一位前来商议如何满足人们需求的神父劝切科到一座隐修院里等待他的救赎。切科被他带到一座隐修院，得到一间小屋和一件旧长袍。隐修院院长给他改名，称他为亨利兄弟[2]。在小教堂里，晚祷唱诗时，他的手指触到石板，简陋、冰冷，就像他自己。他一想到父亲是那么健康，就感到喉咙被怒火窒息。对他来说，似乎就算大海干涸了，那个老男人也不会死。他感到如此孤独、绝望，有时他想，去厨房当个洗碗工或许会更快乐。"那才是，"他自言自语道，"我真正渴望的。"

其余时间里，他又骄傲得发疯。他想："若我是火，我会烧了这世界；若我是风，我就掀起飓风；若我是水，我会

---

① 13世纪开始流传于欧洲的传说中的人物。在故事的最初版本中，一个犹太人因嘲弄了赴苦刑途中的耶稣而被诅咒在尘世流浪，直至基督重临。

② 亨利（Henri），对应意大利俗语阿里戈（Ariigo）。因此，这里的"亨利兄弟"也就等同于后文的"阿里戈修士"。

迅速淹没它；若我是上帝，我一开始就让它陷落；若我是教皇，太阳底下就再无人的容身之处，那样我才能感到快乐；若我是皇帝，我会做什么？我要用自己的方式砍掉所有人的脑袋；若我是死神，我会拜访自己的父亲；若我是生命，我愿远离他……若我是切科……我所有的愿望就是……"但他只是隐修院里的阿里戈修士。于是，他又沉浸到恨意之中。他获得了一份但丁献给贝雅特丽切的抒情诗的抄本，于是他耐心地拿它们与自己写给贝琪娜的韵诗做比较。一位云游修士告诉他，但丁对他不屑一顾。他就寻思着为自己复仇。对他来说，他写给贝琪娜的十四行诗明显更出色。但丁献给碧切（但丁给贝雅特丽切起的昵称）的抒情诗抽象、枯燥，而他写的诗更有力度、更为出彩。他先是将一些带有冒犯性的韵诗送给了但丁，然后，他想向普罗旺斯伯爵查理王告发他。然而，没人注意到他的诗歌和信件，他依然无足轻重。最终，他厌倦了无所事事地灌溉仇恨。他扔掉修士服，穿上需要缝补的破衬衫、磨烂的短上衣和饱经风霜的斗篷，回去寻求为黑党效力的兄弟会的救济。

有一件大喜事正等着他：但丁被流放了。留在佛罗伦萨的或多或少是些无名之辈。鞋匠谦恭地向童贞女询问黑党的下一次胜利。切科·安焦列里已经全然忘记了对贝琪娜的妄念。他整天在山坡上的小溪旁闲逛，吃着干硬的面包皮，跟着往返罗马和佛罗伦萨的教会使节奔波。于是，他们觉得他还能有点儿用。粗暴的黑党领袖科尔索·多纳蒂返回佛罗伦萨后权势日增，他雇用了切科和别的一些人。1304年6月10日的夜晚，一帮由厨子、染工、铁匠、修士和乞丐组成的乌合之众袭入佛罗伦萨的贵族区，那里坐落着白党最漂亮的宅邸。切科·安焦列里挥舞着鞋匠的树脂火把，而鞋匠远远地跟着，观赏着上天的旨意。他们烧毁了一切。切科放火点着了但丁的好友卡瓦尔坎蒂官邸楼台上装饰的木头构件。那天夜里，他用火熄灭了仇恨的焦渴。第二天，他将侮辱之诗送给"伦巴第人"但丁，那时但丁正在维罗纳的宫廷里避难。同一天，他终于成了这些年一直渴望成为的切科·安焦列里。他的父亲，像以利亚和以诺一般苍老的父亲，终于死了。

切科迅速回到锡耶纳，撞开金库，将他的双手深深埋入装有新金币的麻袋，对自己重复了几百遍：他再也不是穷苦的亨利兄弟了，而是一个贵族，阿尔奇多索和蒙特吉奥维的主人，比但丁更富有、出色的诗人。但随后，他认识到自己是个罪人，因为他曾渴望父亲去死。他感到后悔。他潦草地写了一首十四行诗，请求教皇讨伐所有冒犯父母的人。他渴望赦免，就匆忙返回佛罗伦萨，拥抱着鞋匠，乞求他为自己向玛利亚求情。

他冲进卖圣烛的店铺，买了一根巨大的祭坛蜡烛。鞋匠用油膏点燃它。两人大哭着向圣母祷告。直到深夜，还能听到鞋匠平静的声音，他唱诵着赞美诗，在新蜡烛的光晕中欢天喜地，擦拭着他朋友的泪水。

保罗·乌切洛

画家

　　他的真名是保罗·迪·多诺，但佛罗伦萨人都叫他"乌切洛"，或"鸟人保罗"，因为他家里塞满了鸟类图和动物画。他太穷了，既养不起动物，也搞不到不熟悉的稀罕物种的标本。据说在帕多瓦时，他受邀绘制一幅四元素湿壁画，他想以变色龙的形象来代表气，但他从未见过变色龙，结果将它画成了一头大张着嘴巴的圆肚骆驼。（据瓦萨里解释，变色龙类似于一种体形很小的枯瘦蜥蜴，而骆驼则是笨拙的巨型野兽）乌切洛一点儿也不关心事物的真实性，他注重的是事物的多样性和线条的无限性。正因为此，他独创出蓝色的田野、红色的城市，身穿黑色盔甲的骑兵跨在乌黑的骏马背上，马嘴燃亮，骑兵们的长矛像光线一样从各个点射向天空。他有个习惯，那就是反复摹画马佐基（这是一种缠着布的木制圆箍形头饰，戴上后将布向后翻折围住脸）。乌切洛按照透视法描画出一些尖尖的图案、各种方形的图案和不同剖面的图案，以及排列成金字塔形和锥形的图案，以至于他在马佐基的褶皱中发现了一个完整的组合世界。雕塑家多纳泰罗会这样对他说："噢! 保罗,你这是为了影子而抛开实体!"

但鸟人持续耐心地画着,他组合圆、拆分角,研究每种生物所有可能的样子。他还去找了一位朋友,数学家乔瓦尼·马内蒂,请他解释一个欧几里得几何学问题。然后,他杜门谢客,继续用点和曲线覆盖自己的羊皮纸和木画板。他投入地钻研建筑学,为此他向菲利波·布鲁内莱斯基求助,但他绝不想建造什么。他只是想查明从地基到飞檐的线条的方向、相交直线的连接点、拱顶围绕拱心石拱起的方式,以及在长长的大厅里,天花板横梁如何呈扇形收缩的透视效果,它们似乎会在长形空间的尽头汇聚在一起。他也描绘各种动物及其运动,也画人的手势,以便将这些归纳成简洁的线条。

他像个炼金术士,躬身于金属与化学品的混合物之上寻找金子,看着它们在自己的熔炉里熔合,乌切洛将每一个形状都放入各种形状的大熔炉里。他连接它们,组合它们,把它们熔化,所有这一切都是为了让它们嬗变成美而清晰的形状,其他都是由此衍生而来。这就是保罗·乌切洛躲在自己的小屋后面像个炼金术士般生活的缘由。他相信自己能将所有的线整合入一个理想的面。他希望用同样的方法创造出一种宇宙的构图,同样的创造也反映在上帝眼里,上帝看到所有的形状都从一个复杂的中心喷涌而出。吉贝尔蒂、德拉·罗比亚、布鲁内莱斯基和多纳泰罗与他毗邻而居，他们都很骄傲，每个人都是艺术大师。他们嘲笑可怜的乌切洛，奚落他对透视的疯狂，抱怨他的房子里满是蜘蛛，却几乎没什么食物。但乌切洛更骄傲。每当发现一种新的线条组合，他都希望是找到了一种新的创造模式。他的目标不是模仿，而是呈现万物的至高权能，对他来说，一系列带褶皱的奇特头罩要比伟大的多纳泰罗的宏伟大理石雕像更具揭示性。

鸟人就这样生活着，将他沉思的头裹在斗篷里，一点儿也不在意自己吃什么、喝什么，完全就像是个隐士。后来，有一天，他走到草地深处一圈沉陷的古老石头附近，注意到一个正在笑的小女孩，她头戴花环，身穿一条精致长裙，一根灰白丝带系在腰后。她正在编发辫，动作如芦苇般柔软灵活。她的名字叫塞尔瓦嘉。她对乌切洛笑了笑。乌切洛注意到她嘴唇微笑的曲线，在她看着他时，她睫毛的小线条、瞳孔的圆、眼睑的曲线和头发的微妙交织，都尽收他的眼底。他在心里描画环绕她额头的花环，它们的摆放方式各不相同。但塞尔瓦嘉对此一无所知，因为她只有十三岁。她恋慕乌切洛，伸手挽住他。塞尔瓦嘉是佛罗伦萨一个染工的女儿，母亲早已去世，她的父亲另娶了，而继母经常揍她。乌切洛将她带回了自己的家。

　　塞尔瓦嘉整天蜷伏在墙边，乌切洛则在墙上勾勒他那宇宙的形状。她一直不明白，为什么他更喜欢凝视那些直的和弯的线条而毫不在意自己那仰望着他的可爱脸庞。夜里，马内蒂或布鲁内莱斯基过来与乌切洛一起切磋，午夜过后，她会在那些交叉的直线底下、在灯下的阴影晕圈里迷迷糊糊地睡去。早上，她会比乌切洛先醒来，欢欣于环绕四周的彩绘鸟兽。乌切洛画她的嘴唇、眼睛、头发和手，他捕捉她身体的每一个动作，但他从未画过她的肖像，就像别的画家爱上一个女人时会做的那样。因为鸟人不理解那种让自己限定于某个人的快乐。他无法停留在某一处，他想要滑翔，他的飞行高于所有地方的顶点。塞尔瓦嘉各种表情的图样最后被投入熔炉，与所有的形状一起，与所有动物的动作图、植物和石头的线条一起，与光线、大地上起伏不定的烟雾和大海的波浪一起。乌切洛似乎永远都躬身于形状的熔炉之上，甚至都不记得塞尔瓦嘉了。

　　然而，乌切洛家里什么吃的都没有。塞尔瓦嘉不敢告诉多纳泰罗或其他人。她很安静，悄无声息地死了。乌切洛描画她尸身僵硬的线条、她瘦小的手关节和她可怜的紧闭的眼睛。他没有意识到她死了，就像没有留意她活着。但他将这些新的形状跟别的图形收集在一起。

　　鸟人日渐老了，也不再有人理解他的画。人们只看到混乱的曲线，他们无法从中辨识这是地球，还是植物、动物，又或者是人。但很多年来，他与世隔绝地耕耘着自己杰作，里面包含了他所有的研究，是他所有构想的化形。画作的主题是惊疑的圣多马，他正在试探基督的伤口。乌切洛在他八十岁时完成了这项工作，他拿给多纳泰罗，虔敬地在他面前揭开蒙布。多纳泰罗叫道："噢，保罗，遮上你的画！"于是鸟人问其缘由，而伟大的雕塑家一言不发。乌切洛认为自己完成了一个奇迹。但多纳泰罗看到的只是一团线条的乱麻。

几年后，人们发现乌切洛枯槁地死在自己简陋的小床上。他的脸上布满岁月的线条。他的目光凝固于某种最终被揭示的神秘。他紧握的手中抓着一个小羊皮纸卷，上面画满交织的线条网，它们从中心散布至圆周，又从圆周返回中心。

尼古拉·卢瓦瑟勒尔

法官

他出生那天是圣母升天节，他被献给了童贞女。无论生活出现何种状况，他都向她祈求，这成了他的习惯。听到她的名字时，他抑制不住双目盈泪。在圣雅克街的一幢阁楼里，他与另外三个孩子一起学习，在一位枯瘦的教士的戒尺下含糊地嘟哝《多纳特》①和"悔罪诗篇"②，他还费力地学习了奥卡姆的《逻辑大全》。就这样，他很年轻就拿到了文学学士和硕士学位。那些受人尊敬的导师注意到他特别彬彬有礼，很圆滑，擅长谄媚。他的嘴唇丰满，从中轻柔滑落美誉奉承之词。他一拿到神学学位就得到了教会的关注。他先是在博韦的主教管区服侍，那位主教很清楚他的优点并善加利用，派他去前线将法国指挥官的不同动向告诉集结在沙特尔的英国人。大约三十五岁时，他当上了鲁昂大教堂的教士。

---

① 根据古罗马语法学家埃利乌斯·多纳图斯的拉丁语语法入门书《小语法》改编而成的一部初级语法教科书。

②《诗篇》中的一类诗。

在那里，他与教士兼唱诗班成员让·布吕约成了密友，他们一起唱诵冗长的连祷来赞美玛利亚。

有时，他会责备自己的分会教士尼科尔·科佩凯纳，因为后者对圣阿纳斯塔西娅有着令人懊恼的嗜爱。对于圣阿纳斯塔西娅，尼科尔·科佩凯纳总是不厌其烦地赞美如她那般举止端庄的女孩，竟能吸引一位罗马长官着魔般地爱上她。他会在厨房里激吻大锅和盆罐，吻得脸上满是烟灰，看上去就像个恶魔。但尼古拉·卢瓦瑟勒尔让尼科尔看到，玛利亚更具优越的威力和大能，比如她能让一位淹死的化缘修士复活。那位修士很好色，但他从未在敬拜童贞女之事上疏忽。有天夜里，他起身出去放纵他的卑劣之情，在经过圣母的祭坛时，他屈身跪拜，献上颂词。就在那晚，他的淫荡导致他溺于河中。恶魔没能救他。第二天，修士们从水中拽出他时，他再次睁开了眼睛，被玛利亚的恩典复活了。"噢，这样的虔敬真是天赐良药！"尼古拉·卢瓦瑟勒尔感叹道，"尊敬而谨慎的人啊，比如您，亲爱的科佩凯纳，您一定要向她献上您对阿纳斯塔西娅的爱！"

博韦的主教在鲁昂审理洛林人让娜[①]的案子时，并未忘

---

① 圣女贞德。后文的让内特特指的也是她。

记尼古拉·卢瓦瑟勒尔令人信服的优雅。于是，尼古拉穿上世俗短衣，用兜帽遮住削发的圆顶，独自走入楼梯下的一个圆形小牢房——囚徒被关押之处。

"让内特，"他刻意立在阴影里说，"是圣凯瑟琳派遣我到您这里来的。"

"看在上帝的分上，您到底是谁？"让娜说。

"一个穷鞋匠，来自格鲁，"尼古拉说，"唉，来自我们这个不幸的国家。那些该死的人抓了我，就像抓您一样，我的女子，您会得到上天的赞美！我很了解您，真的，我好多次见到您向圣洁的圣母祷告，在贝尔蒙圣马利亚教堂。我也常在您身边，聆听我们的好本堂神父纪尧姆·弗龙布道。唉，您肯定还记得讷沙托的让·莫罗和让·巴尔吧？他们是我的同伴。"

让娜开始大哭。

"让内特，相信我，"尼古拉说，"我在年轻时就被任命为教士了。瞧，这是我削发的圆顶。忏悔吧，我的孩子，全心忏悔您的罪，因为我是仁慈的查理王的朋友。"

"我非常愿意向您忏悔，我的朋友。"心地善良的让娜说。

然而，墙上有一个早就凿好的小洞。囚室外楼梯的台阶下，纪尧姆·芒雄和布瓦·纪尧姆正在记录这场忏悔。

尼古拉·卢瓦瑟勒尔说："让内特，说话要前后一致，坚持住，英国人不敢伤害您。"

第二天早上，让娜被带到法官们面前。尼古拉·卢瓦瑟勒尔和一名公证人藏在隐蔽的窗子的斜纹幕帘后面，他们全力指控，同时忽略辩护。但另外两名法庭书记员强烈要求他出席。当尼古拉在法庭上露面时，他做了一个小小的手势，提醒让娜不要流露出吃惊的神情。他阴郁地加入了庭审。

5月9日，在城堡的大主塔里，尼古拉表示自己赞成立即施行酷刑。

5月12日，法官们聚集在博韦的主教的房子里，商榷对让娜施行酷刑是否有用。纪尧姆·埃拉尔认为没必要那样做，他们也已获得了足够的材料。然而，尼古拉·卢瓦瑟勒尔说，为了治疗她的灵魂，最好对她施行酷刑，但他的建议被否决了。

5月24日，让娜被带到圣旺公墓，她被迫爬上一座抹着灰泥的断头台。她发现尼古拉·卢瓦瑟勒尔出现在自己身边，纪尧姆·埃拉尔向她布道时，尼古拉正对着她耳语。她被火惊吓，脸色死灰。尼古拉把她架了起来。这位教士对法官们使眼色，说道："她会放弃信仰。"他牵引着她的手，在他们拿出的一张羊皮纸上画了一个十字和一个圆圈。然后，他伴随她穿过一道低矮的小门，爱抚着她的手指。

"我的让内特，"他对她说，"您已度过了美好的一天，让神喜悦，您就能拯救自己的灵魂。让娜，请相信我，只要您希望，您就能获得解脱。穿上女装吧，照他们吩咐的去做，否则您的生命就会有巨大的危险。让娜，若是您顺从我说的，您将得救。一切都会好起来的。但您将被交给教会。"

那天稍晚，用过晚餐之后，尼古拉到新的监狱去探望她。那是一座中等大小的城堡里的一个房间，到那里要经过八级台阶。尼古拉坐在床上，旁边是一根拴着铁链的巨大圆木。

"让内特，"尼古拉说，"您瞧，今天上帝和圣母对您多么仁慈，因为他们已接受您加入我们的圣母教会。您应当谦卑地顺从法官与教会人士的判决和裁定，放弃从前的胡思乱想，再也不要那样了。否则，教会将永远抛弃您。瞧，这些是适合女人穿的得体的衣服，让内特，扔掉你身上穿的，快把您的头发修剪一下，剪成碗状。"

四天之后，尼古拉在夜里溜入让娜的房间，偷走了自己送给她的衬衫和罩衫。当有人向他通报她又穿上了男人的服装，他说："唉，她故态复萌，重堕罪孽了。"

在大主教的小教堂里，尼古拉重复吉勒·德·杜雷莫尔博士的话："我们作为法官，只需要宣布让娜是个异教徒，将她扔给世俗法庭，但愿他们能对她宽宏大量。"

在他们将让娜带去阴冷的墓地之前，尼古拉和让·图特穆耶一起前去告诫她。

"噢，让内特，"尼古拉对她说，"别再隐瞒真相了，从现在起什么也别想了，只考虑如何拯救您的灵魂吧。我的孩子，相信我吧：再过一会儿，您会当众跪下进行一次特别的忏悔。那是公开的，让娜，要谦卑，当着众人，这是为了治愈您的灵魂。"

让娜恳求尼古拉提示，她担心自己没有勇气面对众人。

尼古拉逗留得足够久，直到看着她接受火刑。就在那时，他对童贞女的热爱显现了。当听到让娜呼求圣母玛利亚时，他开始大哭、恸哭，听到圣母之名，他是如此感动。英国士兵以为他怜悯让娜，便冲过来使劲鞭打他，举剑追逐他。如果不是沃里克伯爵出手阻止，尼古拉的喉咙就要被割断了。他费劲地骑上伯爵的一匹马，逃之夭夭。

尼古拉在法国的道路上转悠了很多天，不敢返回诺曼底，躲避着国王的士兵们。最后，他到了巴塞尔。他在一座木桥上停下来，站在带有螺纹尖顶的粉色房子和蓝色、黄色的小塔楼之间，看着莱茵河的波光，突然感到头昏眼花。他相信自己溺水了，像那位好色的修士，被淹没在他眼前旋转的绿色水流里。"玛利亚"这个词在他喉咙处哽住，他吐出一声呜咽，一命呜呼。

花边女工凯瑟琳

恋恋风尘女

　　她于15世纪中叶出生在毗邻圣雅克街的羊皮纸街。那个冬天非常冷，狼群在雪覆的巴黎奔窜。一个戴着兜帽的红鼻头老妇人将她抱走，收养了她。幼年时，她在门廊下玩耍，玩伴有佩勒内特、吉耶梅特、伊萨博和热昂内东，几个孩子都穿着小罩衫，喜欢将冻得通红的小手浸入小溪抓取碎冰块。她们还喜欢看男孩们哄骗那些傻傻的路人与他们一起玩圣梅里棋①。在雨篷下，她们盯着盆里的牛肚、街边吊着的胖乎乎的长香肠、屠户用来挂肉的大铁钩。毗邻圣伯努瓦勒贝图内教堂，有很多缮写室，她们能听到里面传出的鹅毛笔的沙沙声，夜晚来临，她们会透过作坊的天窗吹灭职员们鼻子底下的蜡烛。在小桥②旁，她们嘲弄卖鱼妇，然后奔逃向莫贝尔广场，一直跑到筋疲力尽，躲入三门街拐角。之后，

---

　　① 直棋的一种。

　　② 一座连接西岱岛和塞纳河岸的桥。与之相对应，还有一座大桥，连接的也是这两个地方。

她们会一起坐在喷泉旁，喋喋不休地说笑，直到夜雾降临。

就这样，凯瑟琳度过了她的幼年。后来，那个老妇人教她坐在一个带花边的枕头前耐心地缠绕许多线轴。再后来，她就以此为生了。热昂内东成了制帽女工；佩勒内特成了洗衣女工；伊萨博成了手套女工；最幸福的是吉耶梅特，她成了香肠女工，小脸通红光亮，好像刚用新鲜的猪血搓过。那些玩圣梅里棋的男孩也开始了各式各样的生涯，有的在圣热纳维耶芙山[1]上求学，有的在特鲁佩雷特咖啡馆里洗牌发牌，有的在松果酒吧里拿奥尼斯酒碰杯作乐，有的在大喜鹊酒店里喧嚷争吵。中午时分，人们还在蚕豆街的酒馆门口看到过他们，午夜他们就从犹太街的某扇门离开了。至于凯瑟琳，她一直都在缠绕线轴。夏天的夜晚，她会坐在教堂外的长凳上休息，大笑着，开心地与人闲聊。

凯瑟琳穿一件浅褐色衬衫和一件绿色外套。她完全是淑女打扮，再也没有什么比带衬垫的服饰更令她厌恶了，因为那显示着一个女孩出身微贱。她同样极其热爱金钱，带头像的硬币、银币，还有更珍贵的金币。这正是她与卡森·肖莱纠缠在一起的缘由，后者在大城堡[2]当警卫。卡森想尽办法

---

[1] 原索邦学院（神学院，后演变为巴黎大学）所在地。

[2] 一座用于保护大桥入口的城堡。

利用自己的职权行欺诈哄骗之事，以赚取钱财。凯瑟琳经常与他一起在马图兰教堂对面的米勒饭店吃晚餐，之后卡森就逛到巴黎的护城河对岸去偷鸡，把它们披藏在宽大的无袖外罩里带回来，卖给阿努尔的遗孀、小城堡[①]门口漂亮的家禽女贩拉马谢克鲁埃以讨个好价钱。

红鼻头老妇人躺入无名公墓里腐烂时，凯瑟琳很快就放弃了做花边女工。卡森·肖莱为他的女伴在三贞女街附近租了一间低矮小屋，那样他就能在晚间来看她。他并不禁止她用木炭描黑眼睛、用铅粉抹白脸颊在窗边招摇。所有的罐子、杯碟和水果盘都是卡森从拉谢尔堡、天鹅岛或锡盘酒店偷来的，凯瑟琳用它们给那些挥霍的人盛食物和饮品。一天，卡森·肖莱在三个洗衣妇街典当了凯瑟琳的裙子和紧身褡后消失了。他的朋友告诉花边女工，警务长命人在一辆马车后面将卡森痛揍了一顿，然后把他从博杜瓦耶门扔出了巴黎。那之后，她再也没见到他。现在她孤身一人了，她再也无心去赚钱，变成了夜女郎，流落街头。

一开始，她守在饭店过道里，认识她的人会将她带到大城堡下或纳瓦尔学院对面的那些墙后。天气太冷时，一位善

---

① 与大城堡相对应，这是一座用于保护小桥入口的城堡。

心的老妇会带她去浴室，老板娘给她一个容身之所。她住在一间石头屋子里，床是铺在地板上的绿色芦苇垫子。她仍被称为花边女工凯瑟琳，尽管她不再编织花边。有时，她被打发到街上去溜达，只要她能在客人通常到浴室洗澡的时候回来。凯瑟琳会去手套店和软帽店前闲逛，她会在香肠店前多逗留一会儿，羡慕地盯着切猪肉时笑个不停的香肠女工的红脸蛋。然后她就回到浴室，老板娘黄昏时点亮的蜡烛发出红光，烛油滴落，在乌黑的窗后闷燃着。

最后，凯瑟琳厌倦了被限制在小房间里的生活。她四处流浪。此后，她就既不是巴黎女郎，也不是花边女工了，更像是幽灵般出没于法国市镇郊外的那类人——她们坐在墓地的石头上，供任何路过的男人取乐。那些姑娘从来不用名字，只用绰号，绰号取自个人的面部特征，凯瑟琳被唤作"猪嘴"。她在草地上晃荡，夜间，她会守在乡间小路旁，她那张忧伤、灰白的脸会隐现于黑莓树篱间。"猪嘴"学会了忍受夜间袭来的身处死者中间的恐惧，迈脚穿过坟墓时，她的腿会瑟瑟发抖。没有硬币、银币或金币了，她现在像穷人一样，仅凭一片面包、一块奶酪和一碗水凑合活着。她也有同样不幸的朋友，她们会从远处低声唤她："猪嘴！猪嘴！"她越来越喜欢她们了。

她最伤心的是听到大教堂和小教堂的钟声，因为"猪嘴"

还记得那些六月的夜晚，她穿着自己宽松的绿裙，坐在教堂门廊的长凳上。在那些日子里，她是如此嫉妒小姐们的着装。但现在，她既没有带衬垫的裙子，也没有外衣。她光着头，斜倚着一块粗糙的石板，等着赚取她的面包。在墓地浓密的阴影里，她整夜哀叹，想念浴室的红色蜡烛和小房间的绿色芦苇垫子。而今，她的脚下只有滑腻的烂泥。

一天夜里，一个冒充士兵的恶棍为了抢她的腰带，割断了她的喉咙，但里面并没有钱。

好人阿兰

士兵

　　他是一名弓箭手，从十二岁开始就在国王查理七世的军队里效力了，他是被一些士兵从家中掳走的，他的家在诺曼底开阔的乡村。他被掳时的情形如下：士兵们点燃谷仓，用带护鞘的刀剥农民腿上的皮，他们把年轻的女孩扔到破烂的搁凳架起的小床上。当时，小阿兰藏在榨酒坊过道处一只老酒桶里，士兵们翻腾酒桶倒酒时，发现了这个小男孩。他被带走时身上只穿着一件衬衫和一条衬裤。一位军官给了他一件小皮夹克和一顶经历过圣雅克战役的旧风帽。佩兰·戈丹教他如何拉弓，如何将弩箭准确射入靶心。他从波尔多去到安古莱姆，又从普瓦图去到布尔日，望见圣普尔桑（国王当时正在那里），越过洛林边境，到达图勒，折返皮卡第，进入佛兰德斯，穿过圣康坦，转向诺曼底。在二十三年穿越法国的行军途中，他结识了英国人吉安·波尔－克拉斯，后者教他如何赌咒①发誓，伦巴第人基奎雷洛教他治疗圣安东尼之火②，年轻的于德雷·德·拉翁教他射箭。

在蓬托德梅尔，他的伙伴贝尔纳·当格拉德说服他别再理会皇家命令。贝尔纳声称，他俩一起用被称作"葫芦"的灌铅骰子诱骗一些易上当的人就能过上好日子。于是他立即照办，甚至连军服都没脱就蹲在墓地墙后，在一面偷来的鼓上开始了他们的新行当。一个恶毒的教会法庭警卫皮埃尔·昂蓬尼亚尔看穿了他俩的伎俩，说他们很快就会被抓住。他出主意说，万一被抓住，他们最好大胆发誓，假冒自己是神职人员才有可能逃脱国王手下的捕捉，还得声称愿意接受教会的审判。为此，他们得剃光头顶的头发，如有必要，还得赶紧扔掉他们的破烂斗篷和彩色袖筒。他亲手用一把神圣的剪刀为他们削发，还让他们喃诵"七首悔罪诗"和经文。然后他们就各奔东西，贝尔纳和女风琴师比耶特里一起，阿兰和烛台女工洛雷内特一起。

洛雷内特很想要一件绿色毛呢无袖外袍，阿兰就去利雪的白马酒馆踩点，他们曾在那里喝了一大罐酒。他在一天夜

---

① 原文作 Godon，中古法语，脏话。该词或与英语 God damn 有关（尽管这一脏话并未在中古英语里得到证实）。

② 麦角中毒。

里潜入酒馆的花园，用标枪在墙上凿了一个洞，钻进了房子。他在那里找到了七只锡碗、一件红色斗篷和一根金条。利雪的杂货商大雅凯很开心地将这些赃物换成了一件洛雷内特想要的那种无袖外袍。

在巴耶，洛雷内特待在一座油漆过的、据说是女浴室的小房子里不出来了。在好人阿兰想去带她走时，浴室女主人只是大笑。她引他到大门口，一只手拿着蜡烛，另一只手拿起一块大石头，问他是否乐意用它压扁他的鼻子。阿兰急忙逃开了，打落了女主人手里的蜡烛，抢走了看上去很珍贵的一枚指环。但它只是个镀金铜环，嵌了一大块粉色假石头。

那之后，阿兰开始四处游荡。在莫布松，他遇到了军旅老伙计卡朗达斯，他正与一个名叫小吉安的人一起在鹦鹉酒店里吃牛肚。卡朗达斯仍然带着他的钩斧，而小吉安的马裤腰带上吊着一个女士手提袋，腰带的扣子是纯银的。等到喝得醉醺醺，三人一致决定穿过森林到桑利斯去。他们上路时天已很晚了，森林深处漆黑，好人阿兰放慢脚步，小吉安走到了他的前面。黑暗中，阿兰突然用标枪砸在小吉安肩膀之间，与此同时，卡朗达斯把钩斧劈进了小吉安的头颅。小吉安扑倒在地，阿兰大步跨过他，用匕首从他左耳根划到右耳根，割断了他的喉颈。随后，两人用干树叶塞住他脖子上的洞，免得在小路上留下血泊。月亮出现在一片空地上空。阿兰从小吉安的腰带上砍下银扣并解开手提袋上的蕾丝。袋子里有十六枚金币和三十六枚硬币。阿兰取走金币，将钱袋和剩余的钱扔给卡朗达斯作为酬劳。整个过程中，他都举着标枪，怕卡朗达斯找自己麻烦。在那片空地上，他们分道扬镳。卡朗达斯赌咒发誓说这是血腥谋杀。

好人阿兰不敢继续前往桑利斯，就绕道回了鲁昂。他在鲜花盛开的树篱下度过了一夜，醒来时发现自己被一帮骑兵团团围住。他被捆绑双手带往监狱。当他们靠近大门时，他设法从马背上滑下去，冲入圣帕特里斯教堂，缩在高坛旁。士兵们不能穿过门廊进入教堂。阿兰暂时自由了，可以随意在中殿和唱诗班席座间游荡，他盯着那里的许多珍贵精美的圣餐杯和调味瓶，想着若将它们熔化，能卖个好价。第二天晚上，他多了两个同伴，多尼索和马里尼翁，都是像他一样的贼盗。马里尼翁被切掉了一只耳朵。他们找不到一点儿吃的。他们嫉妒那些寄宿在石板间的小老鼠，它们啃点儿圣餐薄饼就能长得肥圆。第三个晚上，三个饥肠辘辘的人不得不离开。守候的卫兵抓住了他们。阿兰大喊自己是个教士，但他忘记扔掉自己的绿袖子了。

他立刻请求上厕所，撕开上衣接缝，扯下袖套扔进泥坑里。但狱卒向典狱长告发了他。一个理发师来剃光了阿兰的头发，抹掉了他的秃顶式削发。法官嘲笑他那蹩脚的拉丁语诗篇。无论他如何抗议，发誓说一位主教确实在他十岁时给了他一记耳光，因为他无法背诵主祷文。他像个门外汉一样被刑审。先是上小型拉肢刑具，然后上大刑具。他的气管被撕裂，四肢被绳子拉得裂开，他在厨房温暖的炉火旁供认了自己的罪行。典狱长的副手当场宣读了对他的判决。他被绑在一辆粪车上，拖上绞刑架，被绞死了。他的尸体被晒得发黑，刽子手拿走了他扯掉袖子的罩衣，还有一件貂皮衬里的细布料斗篷，那是他从一家上等酒店偷来的。

加布里埃尔·斯宾塞

演员

　　他的母亲是个名叫弗卢梅的年轻女子，在骑马道尽头的娱乐区开了一家低等妓院。一位手指上满戴铜饰的上校会在晚餐后到来，同行的是两位穿着松垮上衣的殷勤男士。她留宿了三个年轻女子，她们分别是珀尔、朵尔和摩尔，她们仨都不能忍受香烟的气味。她们通常会先上楼睡觉，而彬彬有礼的绅士们会先喝一些温热的西班牙红酒，等烟斗里的烟散去，再去陪她们。小加布里埃尔会蹲在壁炉架下，盯着正在烘烤的苹果，它们将被扔进啤酒罐。一帮极为混杂的演员也会光顾，他们甚至来得更勤，因为他们不敢去情人们频繁出入的大酒店。他们中的一些人言谈辞藻华丽浮夸，另外一些人结结巴巴，就像是傻瓜。他们喜欢逗弄加布里埃尔，于是他就学会了一些零碎的悲剧台词和粗俗的舞台笑话。他们送给他一块有金流苏的、褪色的深红色布料，一个天鹅绒面具和一把古老的木制短剑。于是他就在壁炉前来回游走，挥舞着木剑，仿佛那是个火把，他的母亲弗卢梅会扬起三重下巴赞叹她早熟的孩子。

　　演员们把他带到位于肖尔迪奇的绿幕剧场，观看一个小演员口吐白沫地激情演绎盛怒的耶罗尼莫[1]时，他激动得战栗不已。当他看到年迈的、胡须糟乱的李尔王跪在女儿考狄利娅面前恳求其原谅，或者一个丑角模仿塔尔顿的傻瓜，抑或另一个演员在床上裹着被单吓唬哈姆雷特时，他的反应也是如此。约翰·奥尔德卡斯尔爵士[2]的大肚皮让每个人都大笑不止，最有趣的一幕是，他搂着女主角的腰，弄乱她的帽顶饰品，然后将肥胖的手指滑入她腰间的硬麻布腰包。疯子唱的歌白痴永远听不懂，一个头戴棉帽的小丑胡乱从幕布的缝隙里探出头，敲打着自己的脑袋，又跑到后台对每个人做鬼脸。舞台上冒出一个带着猴子变戏法的人，还有个男人装扮成了女人，加布里埃尔觉得他很像自己的母亲弗卢梅。剧终时，举着权杖的引座员过来给他披上一条蓝色裙子，大声宣称他们要送他去感化院。

　　加布里埃尔十五岁时，绿幕剧场的演员们注意到他的纤弱俊美，认为他可以饰演女人或年轻女子。弗卢梅整理好他

---

　　① 英国剧作家托马斯·基德作品《西班牙悲剧》中的人物。

　　② 莎士比亚所塑造的角色福斯塔夫的可能原型之一。实际上，这个角色最初的名字就是约翰·奥尔德卡斯尔（从旧戏《亨利五世大获全胜》沿袭而来）。后来，莎士比亚迫于奥尔德卡斯尔后人的反对，将其改名为福斯塔夫。

向脑后梳的黑发。他皮肤白皙，拱形弯眉，大眼睛。弗卢梅给他的耳朵穿了耳洞，戴上一对仿珍珠耳环。他加入了诺丁汉公爵剧团，他们为他定做了以塔夫绸和带亮片的锦缎制成的裙子，他穿金戴银，还有蕾丝胸衣和长长的带卷的假发。他们在排练室里教他涂抹化妆品。初登舞台时，他的脸羞得通红，但很快，他就会忸怩作态地回应那些下流的喝彩了。弗卢梅和她带来的珀尔、朵尔、摩尔也都无比激动，她们放声大笑，嚷嚷着说他绝对是个女孩，她们真想在演出结束后为他宽衣解带。她们将他带回小酒馆，他母亲让他穿上裙子向上校招摇卖弄。上校无数次戏谑地向他求爱，还装作要摘下手指上一枚镶着玻璃的假红宝石镀金戒指戴到他的手指上。

加布里埃尔·斯宾塞最要好的伙伴是威廉·伯德、爱德华·朱比和杰夫斯兄弟。有个夏天，他们决定和一帮流浪艺人去乡下演出，于是一群人就驾着一辆带防水油布篷的四轮大马车上路了，夜晚他们就睡在马车里。在去往汉默史密斯的途中，一天夜里，一个男人突然从路边的沟里爬出来，向他们挥舞着手枪。

"给钱！"他命令道，"我是加梅利尔·拉齐，托上帝的福，我是强盗，我不喜欢等着。"

杰夫斯兄弟颤抖着哀叹道："我们没有钱，行行好吧。

我们只有一点儿黄铜亮片跟这些破烂粗绒呢。我们是可怜的四处流浪的演员，就像大人您一样。"

"演员？"加梅利尔·拉齐大叫起来，"太棒了！我既不是贼，也不是恶棍，我是演艺界的朋友。如果不是我对老绞架恭敬有加的话，它会很乐意将我拖上梯子，吊着我的脖子来回晃。我永远不会离开这个河畔，先生们，你们可以去那些飘着彩旗的欢快的小酒馆里展示诙谐机智，你们的同行也喜欢在里面表演。那么，欢迎，真是个美妙的夜晚。搭起你们的舞台，为我表演你们最好的剧目。加梅利尔·拉齐想看戏。这可真不寻常，今天将成为你们的传奇。"

"但那会费我们的灯油。"杰夫斯兄弟怯生生地说。

"灯油？"加梅利尔说，"你们是在跟我说灯钱？在这里我是国王加梅利尔，就像伊丽莎白是城里的女王。我将像国王一样款待你们。先给你们四十先令。"

演员们哆嗦着从马车上爬下来。

"如您所愿，陛下，"伯德说，"想要我们演什么？"

加梅利尔沉思片刻，盯着加布里埃尔·斯宾塞。

"要我说的话，"他说，"得给这位年轻的小姐安排一段，那种比较忧伤的。她该演最迷人的奥菲莉娅。附近有毛地黄花，它们真的是死神的手指。我很喜欢《哈姆雷特》，那正是我想看的。如果我不是加梅利尔，我会很高兴演一段哈姆雷特。继续，别出错剑。来吧，杰出的特洛伊人，英勇的科林斯人！"

他们点亮灯笼。加梅利尔专注地看着表演。等演出结束，他对加布里埃尔·斯宾塞说："美丽的奥菲莉娅，请允许我向您祝贺。你们自由了，去吧，国王加梅利尔的演员。陛下很满意。"

随即，他消失在了夜影中。

早晨，大马车开始出发，他们发现他又一次挡住了去路，手中拿着铳枪。

"加梅利尔·拉齐，强盗之王，"他说，"来取走国王加梅利尔的四十先令。走吧，快点儿！感谢你们的演出。真的，哈姆雷特的气氛让我的心无比快乐。美丽的奥菲莉娅，为您献上我所有的恭维。"

杰夫斯兄弟不得不将钱退回去。加梅利尔行了个礼，飞奔而去。

这场冒险之后，剧团返回伦敦。流言四起，说一个强盗差点儿绑走穿裙子、戴假发的奥菲莉娅。有一个名叫帕特·金的女孩经常去绿幕剧场看演出，她声称对此一点儿也不吃惊。她有一张圆鼓鼓的脸和圆滚滚的腰身。弗卢梅请她到家里，介绍她认识加布里埃尔·斯宾塞。她觉得他太可爱了，甜蜜地拥抱他。之后，她便成了常客。帕特是一个砖瓦工的情妇。他厌倦了自己的行当，梦寐以求能在绿幕剧场演戏。他的名字是本·琼森，他非常得意自己所受的教育，凭着懂一点儿拉丁语成了教区执事。他膀大腰圆，因患过淋巴结核而瘢痕累累。他的右眼高于左眼，大嗓门，声音刺耳。这个巨人曾在低地国家服役。有一天，他跟踪帕特·金，揪住加布里埃尔的颈背把他拖到霍克斯顿的一处场地，强迫他决斗。弗卢梅偷偷递给加布里埃尔的剑比对手的长出十英寸。这把剑刺伤了本·琼森的胳膊，但加布里埃尔的肺被刺穿了。他死在了草地上。弗卢梅跑去找巡警。本·琼森被抓住，送到纽盖特监狱。弗卢梅希望绞死他，但他会背诵拉丁语诗篇，还证明了自己是神职人员。于是，他只是被烙了个印——用烧红的烙铁烙在手上。

波卡洪塔斯

公主

　　波卡洪塔斯是波瓦坦王的女儿，这位国王坐在卧榻式宝座上统治王国，他的宝座铺着一张用浣熊皮缝制的大毯子，浣熊的尾巴悬垂下来。她在挂着草垫的棚屋里长大，被一群头颈和肩膀涂抹得鲜红的祭司和妇人包围着，他们有时用铜拨浪鼓和蛇状摇铃逗她开心。忠实的老仆纳蒙塔克看护着公主，为她安排游戏。有时她会被带到拉帕汉诺克大河旁的森林里，三十个女孩跳舞取悦她。她们身上涂得五颜六色，身裹绿叶，头戴山羊角，腰缠水獭皮，挥舞着棍棒在噼啪作响的火堆上跳来跳去。舞蹈结束后，她们会扑灭篝火，举着火把护送公主回家。

　　1607年，波卡洪塔斯的国土被欧洲人袭扰。不走运的赌徒、骗子和采矿者沿着波托马克河逆流而上，他们用木板搭建棚屋，将这些棚屋命名为詹姆斯敦。他们将这块殖民地称为弗吉尼亚。那个时期，弗吉尼亚不过是建在切萨皮克湾的可怜小堡垒，被伟大的波瓦坦王的领地包围。这些殖民者推选约翰·史密斯船长当首领，他曾远赴东方冒险，在土耳其当过雇佣兵。这群人散居于岩石间，以贝类为食，也与当地土著做交易，换取一点食物。

刚开始，他们受到了隆重的接待。一位印第安祭司走近他们，吹起芦笛，他打结的头发上戴一顶染成红色的鹿毛冠，像一朵盛开的玫瑰。他的身体涂成赤红色，脸涂成蓝色，皮肤上点缀着本地的银箔片。他就如此装束，蹲到一张毯子上，泰然自若地抽起烟斗。

随后，其他人出现了，他们列成一个方阵。有的涂成黑色，有的涂成红色或白色，还有人涂两种颜色，他们在用填充青苔的蛇皮制成并以铜链装饰的偶像奥基面前载歌载舞。

但几天后，当史密斯船长撑独木舟勘探这条河时，突然遭受攻击，被抓住捆绑了起来。伴随着令人毛骨悚然的吼声，他被带到一个长棚屋里，四十个野蛮人围守住他。几个眼圈涂红、面孔抹黑并描着交叉的白色粗线条的祭司绕着牢房转了两圈，留下一些饭菜和小麦粒。之后，约翰·史密斯被带到了国王的棚屋。波瓦坦穿着狐皮长袍，那些站在他四周的人，头发里装饰着鸟羽。一个女人端来水给船长洗手，另一个用一簇羽毛帮他擦干。同时，两个红色巨人在波瓦坦脚边放下两块扁平的石头。国王举起手示意，史密斯船长将被摊开四肢躺到石头上，他的头将被棍子打碎。

波卡洪塔斯当时只有十二岁，她羞怯地穿过涂彩的祭司和首领。她发出一声呜咽，径直扑向船长，将她的头依偎向他的脸颊。那时约翰·史密斯二十九岁。他的胡须长而硬直，两髯呈扇形散开；他的面相似鹰。有人告诉他，国王的女儿刚刚救了他的命，她的名字叫波卡洪塔斯。但那并不是她的真名。波瓦坦王与约翰·史密斯和解并释放了他。

一年后，史密斯船长和他的人在河边林地里扎营。那夜闷热，一场暴雨掩盖了所有声音。波卡洪塔斯突然现身，碰了碰船长的肩膀，她竟独自穿越了恐怖而黑暗的森林。她对他低语，说她的父亲打算在晚饭时袭击英国人并将他们全部杀死。她央求他逃走，如果他还想活的话。史密斯船长送给她珠子和缎带作为酬谢，但她只是哭着说她不敢收，之后独自消失在密林中。

第二年，史密斯在殖民者中失去威信，那之后，也就是1609年，他乘船赴英国。在那里，他写了数本关于弗吉尼亚的书，说明殖民地的情况，讲述一路的历险。1612年即将到来时，一位名叫阿加尔的船长前去与波托马克人（他们是波瓦坦王的子民）做贸易，令人吃惊的是，他们劫持了波卡洪塔斯公主，并将她囚在一艘船上当人质。她的父亲波瓦坦王被激怒了。但她没有回去父亲身边。她日渐憔悴，直到一位品行端正的绅士约翰·罗尔夫出现。罗尔夫倾心于公主，并娶她为妻。他们于1613年4月结婚。据说，波卡洪塔斯对一个来探望她的兄弟透露了她的爱之秘密。1616年6月，她抵达英国，她的现身激起了上流社会的巨大好奇。安妮女王热情地欢迎她并下令雕刻她的肖像。

约翰·史密斯船长准备重返弗吉尼亚。出发前，他来向波卡洪塔斯表达敬意。他在1608年之后就再没有见过她了，如今她二十二岁。当他走进来时，她转过身，遮住了自己的脸。她没有回应丈夫和朋友的询问，而是离开他们，独处了两三个小时。然后她出来，要求会见船长。她抬起眼睛凝视着他并对他说："您曾向波瓦坦王发誓，所有属于您的也当属于他，他的也是您的。作为他王国里的一位异乡客，您称他为父，而我是您的国家的异乡客，我也要那样称呼您。"

史密斯船长就礼仪问题表示歉意，因为她是国王的女儿。

她继续说道："您不必害怕回到我父亲的国度，您令他和他所有的子民恐惧，但我除外。所以，您为什么害怕我在这里称您为父亲？我会称您'我的父亲'，您该说'我的孩子'，那样我将永远是您的同胞……在那边时，他们真的说您已经死了……"

她悄悄告诉约翰·史密斯，她的真名是玛托阿卡。印第安人惧怕有人会用一些邪恶的巫术占有她，就告诉陌生人她的假名波卡洪塔斯。

约翰·史密斯起航重返弗吉尼亚，此后他再也没有见到过玛托阿卡。第二年年初，她病倒在格雷夫森德，日渐苍白衰弱，很快就去世了。她死时还不满二十三岁。

她的雕像上刻着这样的铭文："玛托阿卡，又名瑞贝卡，弗吉尼亚最伟大的波瓦坦帝国国王之女。"[①] 玛托阿卡的雕像戴着一顶高帽，帽子上装饰有两个珍珠花环，轮状皱领飞边饰有僵硬的蕾丝，手持一把羽扇。她的脸清瘦，颧骨很高，眼睛大而柔和。

---

① 原文为拉丁语："Matoaka alias Rebecca filia potentissimi principis Powhatani imperatoris Virginiæ."

西里尔·图尔纳

悲剧诗人

西里尔·图尔纳诞生于一位未知之神和一个妓女的结合。有关他神圣血统的证据，可以在导致了其死亡的史诗般的无神论中找到。他母亲传给他反叛与放荡的天性、对死亡的恐惧、快感引致的震颤以及对权贵者的仇恨；从他父亲那里，他继承了对加冕的喜好、主宰的骄傲和创造的欢愉；他还从两人那里继承了对黑夜、红光和鲜血的嗜好。

他降生的确切日期未知，但据说他现身于瘟疫之年的一个黑暗日子。那个妓女很可怜，不被上天护佑，却受孕于一位神祇。在分娩前几天，她的身上出现了鼠疫斑，她住的小房子门上被画了一个红色的十字。西里尔·图尔纳降生在运尸车车夫摇响的铃铛声中，他的父亲消失在诸神的天空，一辆绿色的两轮马车驮着他的母亲去了乱葬岗。据说那夜的黑暗如此浓重，送葬人装车时，不得不在瘟疫肆虐的房子过道里点燃松脂火把。另一位编年史作者声称，流淌在那座房屋脚下的泰晤士河的浓雾被染上了猩红条纹。丧铃声里有狗头人的呜咽。之后，似乎毫无疑问的是，一颗暴怒、耀目的星在屋顶的三角墙上方出现了，一颗由乌黑的光线狂乱扭结而成的星，新生儿对着天窗向它挥舞小拳头，而那颗星也晃动着诡异的、长长的火焰卷发。西里尔·图尔纳就这样进入了基墨里亚人① 夜晚的巨大凹陷处。

他三十岁之前在想什么或做什么，他潜在神性的征兆是什么，或者说他如何确信自己的神族血统，这些都无从考据。有一张鲜为人知的可怖清单列出了他的亵渎言行，诸如：他公开声称摩西只不过是个江湖骗子，有个名叫赫里奥茨的人比摩西聪明得多；宗教的第一要旨是让人们感到恐惧；基督比巴拉巴更该死，尽管巴拉巴是个强盗兼杀手；他声明，如果由他来构建一种新宗教，他会将它建立在一种更绝妙和更令人钦佩的体系之上；《新约》的行文风格令人厌恶；他声言，自己与英国女王一样有权铸造钱币，他认识一个名叫普尔的纽盖特监狱囚犯，后者深谙混炼金属的技术，有了普尔的帮忙，他迟早会将自己的头像铸在金

---

① 《奥德赛》："海船驶向极限，水流浩渺的俄开阿诺斯的边缘，/那里有基墨里亚人的居点，他们的城市，/被雾气和云团罩掩。赫利俄斯，闪光的/太阳，从来不曾穿透它的黑暗，照亮他们的地域，/无论是在升上多星的天空的早晨，/还是在从天穹滑降大地的黄昏，/那里始终是乌虐的黑夜，压罩着不幸的凡人。"（参考陈中梅译本）

币上。一个虔敬神的人从那张羊皮纸清单上涂掉了一些更可怕的说法。

但那些言论被另外一些粗俗之人收集了起来。西里尔·图尔纳的言行显示出一种更具仇恨性的无神论。他被描绘成身穿黑色长袍、头戴镶着十二颗星星的璀璨王冠、脚踩天球仪、右手举着地球仪的形象。他在瘟疫和风暴之夜漫步街头，他苍白如祭坛上的圣烛，他的眼睛像焚香炉般闪着柔光。有人肯定地说，他右侧肋腹有个极不寻常的封印，但这一点在他死后无法核实，因为没人看到过他的遗体。

他从泰晤士河岸带回一个妓女当他的情妇。那是个出没于水边街巷的女郎，他只爱她一人。她非常年轻，貌美天真。她双颊泛起的红晕就像颤动的火焰。西里尔·图尔纳给她起名罗莎蒙德，她给他生了一个女儿，他深爱这个孩子。罗莎蒙德的死很不幸，起因是她被一位王子相中了。我们只知道她用一只透明的高脚杯饮下了翡翠色的毒药。

那之后，仇恨与骄傲混合着，占据了西里尔的灵魂。夜里，他沿着皇家林荫道巡视，手里的马鬃火把颤动着火苗，以便照亮皇家投毒者。对所有权贵的仇恨涌向他的嘴巴和手。他潜藏在这条大道上，不是为了偷盗，而是为了行刺国王。几个王子失踪了，他们被西里尔的火把照亮，被他亲手杀死。

他潜伏在靠近砾石坑和石灰窑一带女王常走的路边。他会从扈从中挑选他的受害者，他会在坑洼中为其照明引路，引着受害者走到砾石坑前，熄灭火把，猛然一推。砾石会在他们跌落时雨点般落下。随后，西里尔会倾身在坑边，滚下两块巨石压抑住那些呻吟。于是，夜间余下的时间，他就守在那里，看着尸体被石灰慢慢侵蚀，旁边的窑炉发出暗红色的光芒。

西里尔对众王的仇恨平息了，他转而又对诸神充满了仇恨，几乎因其窒息。内心神圣的刺激驱动了他的创造欲。他梦想从自己的血中创造出一个新的血统并繁衍后代，这样他就能成为人间之神。他盯着自己的女儿，发现她是处女且性感。为了在天目睽睽下达成他的目的，他找不到比墓地更具意义的场地了。他发誓要向死亡挑战，并在神命定的毁灭中创造出新人类。西里尔·图尔纳被朽骨包围着，他想在年轻的骨骼中孕育出生命。西里尔·图尔纳在一个藏尸所的入口处占有了自己的女儿。

他最后的生命消逝在暗淡的光晕中。我们无从得知《无神论者的悲剧》和《复仇者的悲剧》出自谁之手。有一种传说是西里尔·图尔纳更为骄傲了。他那幽暗的花园里放置有一个宝座，电闪雷鸣时，他会坐在上面，头戴黄金王冠。看到他的人被他头顶扭动的、长长的蓝色羽饰吓得不轻，纷纷闪躲开。他可能读过恩培多克勒的诗篇手稿，之后就没人再见过那本书。他经常对恩培多克勒之死赞叹不已。他消失那年又是瘟疫之年。一些在船上躲避灾异的伦敦人将船停泊在泰晤士河中央。一颗骇人的流星在月亮下方爆燃，一团白色的火球险恶地旋转着，笔直扑向西里尔·图尔纳那座看上去像是涂了金属火花的房子。他身穿黑斗篷，头戴黄金王冠，坐在宝座上，等候着流星的到来。像从前的剧场里上演的战斗，响起一阵小号吹出的阴沉的警报。西里尔·图尔纳被汽化的粉红色血光吞噬。就像在剧场里，夜间的小号齐鸣，吹奏丧歌，西里尔·图尔纳猛扑向天空中无声盘旋的未知之神。

威廉·菲普斯

珠宝渔夫

  1651年，威廉·菲普斯出生于肯尼贝克河口附近，那里覆盖着河边森林，造船者会进入其中砍伐木材。在缅因一个贫穷的小村庄里，他看着人们切割那些航海用的木板时，萌发了人生最初的梦想，那就是去冒险并获得财富。变幻莫测的大西洋猛烈拍打着新英格兰的海岸，为他带来沉没在沙砾之下的金银财宝的闪光。他相信大海中蕴藏着财富，他渴望获取它们。他学习建造船舶，攒了一点儿钱，然后去了波士顿。他的信念如此坚定。他重复说着："有一天，我将成为一艘豪华巨轮的船长，而且，在波士顿的格林大道拥有一幢上等的砖房。"

  那个时期，大西洋底沉卧许多装满黄金的西班牙大帆船。这类传言让威廉·菲普斯魂牵梦绕。所以，有一天，当得知一艘巨轮沉没在普拉塔港时，他就倾其所有去了伦敦。他想装备一艘大船。他不厌其烦地向海军部发起请愿，终于得到了配有十八门加农炮的阿尔及尔玫瑰号。1687年，他启航驶往未知世界。那一年他三十六岁。

　　阿尔及尔玫瑰号上有九十五名船员，大副阿德利来自普罗维登斯。得知菲普斯将航向伊斯帕尼奥拉岛时，船员们几乎喜出望外。因为伊斯帕尼奥拉岛是海盗岛，而阿尔及尔玫瑰号看上去似乎很棒。出发后不久，在一处群岛的一小片沙滩上，有些船员聚集起来商议，宣称要当海盗。菲普斯当时正站在阿尔及尔玫瑰号的船首，注视着大海。与此同时，船体受到损伤。修复船体的木匠无意中听到了船员们的合谋，立刻跑到船长室。菲普斯命令他架起大炮，瞄准岸上的反叛者。他将所有叛变的人离弃在那座荒岛上，然后带着几个忠诚的水手离开了。来自普罗维登斯的大副阿德利设法游回了阿尔及尔玫瑰号。

　　他们穿过一片平静的海域，在烈日下抵达伊斯帕尼奥拉岛。菲普斯走遍普拉塔的每一片卵石滩，打探着那艘沉没于半个多世纪之前的船。有一位西班牙老人记得，他指向一片暗礁。那是一片绵延展开的环状暗礁，曲折延伸入清澈的海水，消失在朦胧的未知深处。倚靠在桅杆上的阿德利看着波浪中旋转的小旋涡大笑起来。阿尔及尔玫瑰号开始慢慢绕行暗礁，所有的人都搜索着透明的海水，却一无所获。菲普斯沿着前甲板在挖掘机和钩子之间踱步。阿尔及尔玫瑰号再次环礁巡视，海底看上去都一样，湿沙的同心沟壑和倾斜的海藻簇在水流中颤动。阿尔及尔玫瑰号第三次巡视时，太阳沉落了，大海变得幽暗。

随后，有磷光闪现。"那里有宝藏！"阿德利在黑夜中大喊，他指向令人目眩的金色海浪。但温暖的黎明在海洋上破碎，安静而清澈，阿尔及尔玫瑰号继续在同一片水域巡游，八天过去了，一直这样巡航。水手们因不断搜索透明的海水而视力模糊。菲普斯耗尽了储备。是时候离开了。他传令下去，阿尔及尔玫瑰号开始转向，就在那时，阿德利看到一簇长在暗礁上的美丽的白色海藻。他想得到它，一个印度人潜入水中，扯下海藻。他举起海藻时，它笔直地下坠，重得出奇，它缠结的根似乎紧抓着一块小石头。阿德利举起海藻，在甲板上摔打那些根以减轻重量。一块东西滚了出来，在阳光下闪闪发光。菲普斯大喊一声。那是一锭银子，至少价值三百英镑。阿德利呆住了，白色海藻掉落。所有的印度人一下子都跳入水里。不多时，上层甲板上堆满了石化的硬麻袋，嵌着石灰石，被一层小贝壳覆盖着。他们用錾子和斧子劈开那些麻袋，破洞里涌出金块、银锭和西班牙金币。"赞美上帝！"菲普斯喊道，"我们的好运来了！"宝藏总计值三十万英镑。阿德利一遍一遍地念叨着："所有这些都来自白色海藻的根！"几天后，他发疯了，结结巴巴地说着那些话，病死在百慕大。

菲普斯护送他的宝藏回来了。英王册封他为威廉·菲普斯爵士，任命他为波士顿的治安长官。他实现了自己的梦想，在格林大道为自己建起一幢红砖房。他成了重要人物。他指挥了反法属殖民地的战役，从德梅内瓦尔先生和德维尔邦骑士手里夺取了阿卡迪亚。因此，英王任命他为马萨诸塞的总督、缅因和新斯科舍的提督。他的金库里满是金子。他试图攻取魁北克，就在波士顿筹集了大量资金。这项计划失败了，殖民地财政濒于破产。于是菲普斯发行纸币，为了提升纸币的价值，他用自己所有的黄金做交换。但他运气不佳，纸币贬值，菲普斯失去了所有。他成了穷人，还负债累累，他的敌人环伺着他。他的鼎盛期只维持了八年。他离开美洲大陆返回伦敦，一贫如洗。下船时，他被逮捕了，因为他欠了达德利和布伦顿每人两万英镑。警察将他关押入弗利特监狱。

　　威廉·菲普斯爵士被关押在一间光秃秃的小牢房里。他唯一能抓住的是给他带来荣耀的一小块银子，来自白色海藻的银锭。发热和绝望拖垮了他。死神扼住了他的喉咙。他挣扎着。即使在那里，他仍被宝藏的幻梦困扰。西班牙总督博巴迪利亚的大船载着金银，沉没在巴哈马附近。菲普斯求人去找典狱官。在高热和持续且强烈的希望之间，除了皮肤和骨头，他一无所有。他拿出那个银块，用干枯的手递给典狱官，喘鸣着喃喃："让我潜水吧，在这里，您瞧，这是博——

巴——迪——利——亚的一块银子!"

随后,他便咽下了最后一口气。那块来自白色海藻的银子被用于支付其棺材钱。

基德船长

海盗

　　这个海盗的"小山羊"之姓 [①] 的由来众说纷纭。文件记载，1695年，英王威廉三世授权他指挥战舰"冒险号"时这样致辞："向我们忠实而深受爱戴的指挥官……威廉·基德船长致敬。"但可以肯定的是，从那天起，这个姓就意味着征战。有人说，他举止优雅、衣着精致，无论是战斗，还是航海，他都习惯于戴着袖口绣有佛兰德斯花边的精美小山羊皮手套。另有人言之凿凿，说他进行最惨烈的屠杀时会大喊："太棒了！我就像初生的小山羊一样甜蜜温柔！"还有人说，他将黄金和珠宝藏在用小山羊皮制成的柔软袋子里，这一诡计可以追溯到他掠夺一艘满载水银的船时，那时，他用羊皮袋装了一千袋水银，这些袋子和水银至今仍埋在巴巴多斯岛的一座小山坡上。这些足以说明，为什么他的黑色丝绸旗帜上会绣有一个骷髅头和一个小山羊头，而他的印章也雕刻着

────────────

　　① Kid 有"小山羊"之意。

同样的标志。那些搜寻基德埋藏在亚洲和美洲海岸的无数珍宝的人，会赶着一头小黑山羊在前面探路。他们希冀，若是经过他的藏宝地点，小羊或许会拱地。但从未有人找到过那些宝藏。"黑胡子"[①]本人从基德从前的水手加布里埃尔·洛夫那里换取了点儿线索，搜遍了现已建起普罗维登堡的沙丘地带，但他一无所获，只发现了一些渗入沙砾的水银粒。所有的挖掘都是徒劳的，因为基德船长声言过，出于"那个血桶人"的缘故，他的藏宝地点永远不会被发现。事实上，基德一生都被那个人纠缠着，他死后，他的宝藏也一直被其萦绕和守护着。

最初，英王是应贝拉蒙特勋爵的请求才委托基德船长指挥战舰"冒险号"的。贝拉蒙特勋爵是巴巴多斯的总督，他被西印度群岛的海盗们所劫掠的巨量财物刺激到了。[②]而长久以来，基德嫉妒传奇海盗艾尔兰德，后者掠夺所有的船队。基德向贝拉蒙特勋爵许诺，他会捕获艾尔兰德的帆船，将艾尔兰德及其所有同伙带回来处死。"冒险号"配备有三十支枪和一百五十号人。基德先停泊在马德拉群岛装酒，

---

① 本名爱德华·蒂奇，也是个有名的海盗。

② 后文所描述的航线可能会造成误解，这里需要特别说明：贝拉蒙特勋爵给基德船长的指示是航向印度洋。

随后航行到博纳维斯塔储盐，最后抵达圣地亚哥，装满了他的供给。从那里起航，他驶向红海入口。在那片海域，具体来说，在波斯湾，有一座叫巴布之钥的小岛。

就是在那里，基德船长召集他的全体船员，升起黑骷髅旗。他们都以斧头的利刃起誓，完全服从海盗规矩。每个人都有投票权，可同等享用新鲜食物和烈酒；禁止玩扑克牌或掷骰子。晚上八点，灯和蜡烛均要熄灭，在那之后，若是有人仍想喝一杯，就必须去舰桥上露天摸黑喝。不接受女人和小孩入伙。任何人，若是带人以伪装的方式上船，将会被处死。加农炮、枪和短剑要好好照看、磨亮，随时待命。争斗要在陆地上以刀剑和枪解决。分配战利品，船长和舵手得两份，熟手、水手长和枪手得一份半，其他头目得一又四分之一份。乐师在安息日休息。

他们遇到的第一艘船是荷兰船，由一个叫席佩尔·米切尔的人指挥。基德升起法国旗追了上去。这艘船也立即挂出法国旗。海盗们用法语对他们呼叫。这个席佩尔手下有个法国人，他回应着海盗们。基德问他是否有护照，这个法国人说有。于是基德回答："好吧，上帝做证，凭您的护照，我任命您为这艘船的船长。"随即，基德直接将他吊死在桅桁上。接着，他让荷兰人一个接一个过来，他盘问他们，装作全然不懂弗拉芒语。他对每个俘虏说："法国佬——木板！"

一块木板被固定到船侧吊杆上。所有荷兰人都裸身跑上木板，被水手长的弯刀尖刺戳着跳入大海。

那时，基德船长的炮手穆尔喝醉了，他高声质问："船长，您为什么把这些人都杀死？"船长转过身，提起一只捞沙桶，砸到穆尔头上。穆尔一头栽倒在地，颅骨碎裂。一些头发与凝固的血混粘在上面，基德船长命令手下将桶洗干净。从那之后，再没人碰那只桶了。有人把它用绳子绑在船尾的栏杆上。

从那天起，基德船长就被那个"血桶人"纠缠上了。他攻克了摩尔人的船"奎达号"，这艘船由印度教教徒和亚美尼亚人驾驶，船上载有价值一万英镑的黄金。在分配战利品时，那个血桶人就坐在那些金币上。基德离得很近，看得清清楚楚，他破口大骂。他下到自己的舱室，喝下一杯烈酒。然后，他返回甲板，将那只旧桶扔出船外。在登上装满财宝的"莫科号"时，人们无法决定用什么来称量船长该得的金粉份额。"满满一桶。"一个声音在基德肩后说道。基德挥舞弯刀对着空气一通乱砍，然后擦了擦沾有泡沫的嘴唇。接着，他吊死了亚美尼亚人。船员们假装什么都没听到。基德攻击"燕子号"之后，分完战利品就躺在铺位上睡着了。醒来时，他发现自己大汗淋漓，就叫一个船员去弄水来洗澡。船员用锡盆给基德端来水，基德瞪着他咆哮："冒险家是你这样做事的吗？浑蛋！你竟给我一桶血水！"那个水手慌忙逃走。基德将他扔到一座孤岛上，只给了他一杆枪、一瓶火药、一瓶水。基德将他的战利品埋藏在位于不同地点的荒僻沙地的唯一原因是，他认定，那个惨死的炮手每晚都会来用他的桶将船上储存的金子清空，把财宝扔进大海。

基德在纽约外海被抓获，贝拉蒙特勋爵将他押送回伦敦。他被判处绞刑。他穿着红色衣服，戴着手套，被绞死在行刑台上。当刽子手用黑帽蒙他的眼睛时，基德船长大喊道："见鬼！我就知道他会把桶罩在我头上！"他发黑的尸体一直挂在铁链上，风吹日晒了二十多年。

沃尔特·肯尼迪

文盲海盗

肯尼迪船长是爱尔兰人，他既不会读，也不会写，但他擅长酷刑逼供，于是就被大海盗罗伯茨提升为副官。他是精通缠勒细绳的大师，能恰到好处地收紧绕在囚犯额头的绳子，直到囚犯的眼珠弹射出来，或者，用点燃的棕榈叶轻拂受刑者的脸。他在"海盗号"上的声望归功于那场对涉嫌叛变的达比·马林的判决。法官们坐好，点燃烟斗里的烟丝，他们背对舵手舱，面前放一只盛着潘趣酒的大碗。诉讼开始了。当法官中的一个提议再抽一斗烟，深思熟虑时，他们正要对判决投票。于是，肯尼迪站起来，从嘴里取出烟斗，吐了口唾沫，这样说道："该死！先生们，冒险家们，如果咱们不绞死我的老搭档达比·马林，就让我见鬼去吧。该死，达比是个棒小伙儿！我们这些绅士，谁说他不是个浪荡子呢，见鬼！该死，屁都不是！天杀的，我全心全意爱着他呢！先生们，冒险家们，我太了解他了，他就是个十足的恶棍。如果让他活着，他永远都不会悔改；如果他会后悔，就让我见鬼去吧。不是吗，我的老达比？该死，绞死他！就让我们这帮可敬的伙计投票通过吧。我要为他的健康干一杯烈酒。"

这番话对他们来说似乎极为精彩，可与古人流传下来的最崇高的军事演说媲美。罗伯茨很兴奋。那之后，肯尼迪变得雄心勃勃。在巴巴多斯附近的海域，罗伯茨在率领一艘单桅帆船追猎葡萄牙货轮时迷失了方向，肯尼迪强迫船员们推举他当"海盗号"的船长。他如愿以偿，下令扬帆起航。他们击沉并洗劫了许多满载巴西产的糖和烟草的双桅帆船与战舰，更不用说满载金粉跟西班牙金币和银币的船只了。他们的黑色丝绸旗帜上方画着一个骷髅头、一个沙漏、两根十字交叉骨，下方画着一颗被箭刺穿、滴下三滴血的心脏。后来，这个团伙遇到了一艘来自弗吉尼亚的十分和平的小船，船长名叫诺特，是位虔诚的贵格会人士。这个天选之人的船上既没有朗姆酒、手枪、长剑，也没有短刀。他身穿一袭长长的黑色罩袍，头上戴着同色的宽边帽。

"该死！"肯尼迪船长说道，"这是个活泼开朗的家伙！我就喜欢这样的。谁都不许伤害我的朋友，诺特船长先生，他的衣着打扮太赏心悦目了。"

诺特先生表演哑剧般鞠了一躬，说道："阿门，但愿如此。"

接着，海盗们赠送礼物给诺特先生。他们送给他三十枚金币、十卷巴西烟草和一小袋祖母绿宝石。诺特先生收下了金币、宝石和烟草。

"请允许我感激地收下这些礼物，它们将被用于虔敬之事。啊！愿上帝保佑我们的朋友，这些耕耘大海的人，所有人都会被这情意感动！主接受所有的偿金。我的朋友们，可以说，这些是你们献祭给他的牛犊腿和偶像大衮①的肢体。大衮仍然统治着这片蛮荒之地，他的黄金散发出邪恶的诱惑。"

"浑蛋大衮，"肯尼迪说，"该死，闭上你的嘴！拿走送给你的，过来喝一杯。"

诺特先生又平和地鞠了一躬，但拒绝了递给他的朗姆酒，说道："先生们，我的朋友们……"

"该死，是冒险家们！"肯尼迪嚷道。

"先生们，我的朋友们，绅士们，"诺特先生继续说，"谁能忍受长久的折磨以对抗诱惑呢？那是可能的，不，我要说甚至很有可能，烈酒是诱惑的小尖刺，我们虚弱的肉体无法承受。你们这些人，我的朋友们……"

"该死，是冒险家们！"肯尼迪嚷道。

---

① 非利士人的主神，其形象是人鱼。

"你们这些人，我的朋友们，冒险家们，"诺特先生继续说，"你们因经受诱惑者①的长期考验而变得坚强，那可能、大概就是那样，我是说，你们不会有任何损失，但对你们的朋友来说，那会很糟糕，极其糟糕……"

"让糟糕见鬼去吧！"肯尼迪说，"这个人可真会说，但我更会喝。他会带我们去卡罗来纳，去见见他说的那些出色的朋友，他们无疑拥有更多他提到的牛犊腿。对不对，大衮船长先生？"

"但愿如此，"这位贵格会人士说，"但诺特才是我的名字。"

他再次鞠躬，宽边帽檐在风中颤抖。

"海盗号"在这个天选之人最喜欢的一个小海湾里抛锚了。诺特先生承诺会带朋友们来，他确实在当天晚上就回来了，带着一队由卡罗来纳总督斯波茨伍德先生派来的士兵。这个天选之人向他的朋友们、冒险家们发誓，他唯一的目的，就是阻止他们将诱人的酒引入这片蛮荒之地。在海盗们被抓捕后，诺特先生说："啊！我的朋友们，我因此而蒙羞，你们一定得相信我。"

---

① 魔鬼。

"该死，'蒙羞'这个词可太恰当了!"肯尼迪赌咒道。

他在登船时戴上了铁镣铐，被带去伦敦受审。他被关押进老贝利街的监狱。整个审讯期间，他都在画十字，在所有单据上也画十字。他的最后一次演说是在处决码头发表的，来自大海的微风拂过吊在铁链上的昔日的冒险家们的尸体。

"该死，这真是一种荣耀!"肯尼迪看着其他海盗的尸体说，"他们将会在基德船长旁边绞死我。他的眼睛没了，但那肯定是他。只有他才穿那种阔气的深红色外套。基德一直是优雅之徒。他还会写字! 天杀的，他认得字! 他有双如此漂亮的手! 抱歉，船长。（他向身着深红色衣服的干尸敬礼）但我也曾是位冒险家。"

斯特德·邦尼特少校

恣意的海盗

斯特德·邦尼特少校是一位从军队退役的绅士，1715年前后，他住在巴巴多斯岛上自己的种植园里。甘蔗地和咖啡树给他带来收益。他喜欢抽自家种植的烟草。他的婚姻不大称心如意，有人说是他的妻子让他变得昏头昏脑的。实际上，他是四十岁之后才开始着魔的。刚开始，他的邻居和仆人还温和地迎合他。

斯特德·邦尼特少校的着魔是这样的：不分场合地贬损陆上战术而赞誉一切海上战术。他嘴上只挂着埃弗里、查尔斯·文、本杰明·霍尼戈尔德和爱德华·蒂奇这几个名字。在他看来，他们都是大胆的航海家，有进取心之人。那个时期，这些人都在安的列斯群岛的海域打劫。如果碰巧有人在少校面前称那些人是海盗，他就会嚷嚷："感谢上帝，允许这些海盗——正如您所称的——给了我们一种自由的、共同的生活的样板，我们的先辈就是那样生活的。那个时候，没人积累财富，女人不用看守，也没有奴隶种植甘蔗、棉花或靛蓝植物，慷慨的上帝分配一切，每个人都能得到他那一份。这就是为什么我敬佩那些自由的人，他们平分所得，好伙伴一起发财过活。"

巡视领地时，斯特德·邦尼特少校经常会停下来拍拍一个雇工的肩膀："蠢货，你不想过得更好吗？你挥汗如雨地打捆这些可怜作物，还不如去双桅或是三桅船上打结！"

几乎每天晚上，少校都会把他的仆人召集到谷仓的屋檐下，五颜六色的苍蝇围着他们嗡嗡飞。在烛光中，他为众人朗读伊斯帕尼奥拉岛或龟岛的海盗们那些丰功伟绩。因为传单上都是对他们掠夺村庄和农场的警报。

"卓越的文段！"少校嚷嚷着，"勇敢的霍尼戈尔德，可真是一只装满黄金的丰饶角！ ① 崇高的埃弗里，满载莫卧儿帝国和马达加斯加王的珠宝！令人钦佩的蒂奇，你前前后后统御了十四位老婆，然后把她们都抛弃了，在迷人的奥克雷科克岛，你甚至还想将最后一个（她只有十六岁）送给最好的伙伴们享用，这都出于慷慨、灵魂的伟大和了解人情世故！噢，还有你，'黑胡子'，'安妮女王复仇号'的主人，那些步你后尘、与你一起喝朗姆酒的人该多有福气！"

少校的仆人们目瞪口呆地听着他高谈阔论。只有小蜥蜴

---

① Hornigold 有"黄金角"的意思。

从房顶掉落时——它们被吓得松开了脚底的吸盘——发出的轻微响动会偶尔打断他。少校用手护住蜡烛，用手杖在烟叶间演示伟大的船长们的每一次海事演练。如果谁无法理解这些海盗战术的要点，就被威胁要受"摩西律法"的惩罚（也就是海盗们所说的鞭打四十下）。

最后，斯特德·邦尼特少校再也按捺不住了，他购买了一艘装有十门炮的单桅老帆船，配置了海盗所必需的全部装备：弯刀、火绳钩枪、梯子、厚木板、擒拿挠钩、斧子、《圣经》（用来起誓）、朗姆酒桶、烟灰（用来涂脸）、叉子、捻子（用来灼烧富商的手指）以及大量画着白色骷髅头和十字交叉骨的黑旗。他将这艘船命名为"复仇号"。之后，他突然趁着夜色带着七十多个雇工登船出海了，他们一路向西航行，掠过圣文森特岛边缘，绕过尤卡坦半岛，径直沿海岸线驶向萨凡纳（他将永远不会抵达那里）。

斯特德·邦尼特少校对航海一无所知。他分不清罗盘（boussole）和星盘（astrolabe），混淆后桅（artimon）与火炮（artillerie）、前桅帆（misaine）与十（dizaine）、船首斜桅（bout-dehors）与命令备鞍上马的号角声（boute-selle）、卡隆炮火门（lumières de caronade）与加农炮火门（lumières de canon）、舱口（écoutille）与长柄圆刷（écouvillon），发号施令时将装子弹（charger）喊成卷帆（carguer）。简而言之，这

些陌生词语的扰乱和难以适应的大海的波动让他手足无措，他一度想掉头返回巴巴多斯，但他那极度虚荣的欲望（即在遇到第一艘船时升起骷髅旗）让他按照原计划航行。他原本指望能靠抢劫为生，没有给他的船准备一点儿给养。第一天晚上，他们连个小船的影子都没发现。于是，斯特德·邦尼特少校决定，他们不得不攻击一个村子。

所有人都到甲板上列队，他给每个人配发全新的短刀，并敦促他们采取最凶猛的行动。然后，他让人拎来一桶烟灰。他涂黑自己的脸，命令其他人效仿，他们也雀跃地做了。

最后，他想起来应该刺激一下船员，给他们喝点儿海盗们常饮的朗姆酒。他没有红酒勾兑——这是海盗通常会用的配方——于是他让每个人都吞下一品脱掺了火药的朗姆酒。少校的仆人们遵命，但与惯常反应不同的是，他们的脸没有被激怒涨红。相反，他们成群地冲向左舷或右舷，将他们发黑的脸伸出舷墙，将那怪味混合物分享给汹涌的大海。而后，"复仇号"差不多是搁浅到圣文森特岛沿岸了，他们跟跄着上了岸。

一大早，村民们一脸目瞪口呆的样子，但并没有大动干戈。斯特德·邦尼特少校不习惯大吼大叫。结果是，他骄傲地采购了一些大米、干豆子和咸猪肉，还付了款（以真正的海盗风度，而且相当高贵的样子，他这样想），还买了两桶朗姆酒和一些旧绳子。经过一番周折，这群人总算让"复仇号"入海浮起，斯特德·邦尼特少校也为第一次征服而自我膨胀起来，重新出海。

他日夜兼航，根本不知道是哪一股风在推送着他们。第二天黎明时分，斯特德·邦尼特少校正伏在舵手驾驶舱上打盹，被自己的弯刀和短枪的枪管顶得极不舒服，他被一声大喊惊醒："呦呵，一艘帆船！"

他看到大约一根缆绳的长度之外，一艘船的前帆悬臂在船首摇晃着。一个大胡子立在船首。一面小黑旗在桅杆上飘动。

"升起咱们的骷髅旗！"斯特德·邦尼特少校喊道。

他想起自己的军衔属于陆军，于是当即决定仿效许多赫赫有名的前辈的做法，给自己起个新名字。他毫不迟疑地宣告："'复仇号'帆船，由我托马斯船长指挥，这些是我走运的伙计。"

大胡子放声大笑，说道："幸会，伙计，我们可以结伴航行。来吧，来'安妮女王复仇号'上喝点朗姆酒。"

斯特德·邦尼特少校立刻明白，他遇到了自己的偶像，著名的"黑胡子"蒂奇船长。但少校的喜悦并不似自己想象的那么大，他预感到，他大概要失去当海盗的自由了。他一句话也没说，登上了蒂奇的船，蒂奇热情地迎接他，手里端着一只高脚杯。

"伙计，""黑胡子"说，"你让我无比开心。但你的航行太不明智了。如果，如果你相信我说的，托马斯船长，你该留在我这艘漂亮的船上，而我将派这个名叫理查兹的既勇敢又能干的人去当船长。在'黑胡子'的船上，你将有闲暇享受冒险家们的自由生活。"

斯特德·邦尼特少校不敢拒绝。他被解除了短弯刀和短枪。他对着一把斧头宣誓（因为"黑胡子"不能忍受看到《圣经》），按配给得到一些饼干和朗姆酒，以及未来的战利品份额。少校从未料到海盗的生活有如此多的规矩。他忍受着"黑胡子"的暴虐和航海生涯的煎熬。就这样，他离开巴巴多斯时还是一位绅士，为了过上幻想中的海盗生活，他此时被迫当了一个真正的海盗，并且是在"安妮女王复仇号"上。

这样过了三个月，他协助自己的"老板"攫取了十三次战利品。后来，他终于设法重回自己的船，也就是理查兹控制下的"复仇号"。结果证明这样做十分慎重，因为第二天夜里，"黑胡子"就在奥克雷科克岛的入口处遭到伏击，来自巴斯顿的梅纳德上尉攻击了他们。"黑胡子"在战斗中被杀死，上尉下令将他的头割下来，悬挂在船首桅杆上。他们真这样做了。

与此同时，可怜的托马斯船长逃往卡罗来纳一带，垂头丧气地航行了数周。查尔斯顿的总督接到预警，派出雷特上校在沙利文岛抓捕他。托马斯船长束手就擒。在热闹的围观中，他被带到查尔斯顿，在那里，他确认自己是斯特德·邦尼特少校。他被投入监狱，直到1718年11月10日。那天，他出现在副海事法院① 的法庭，首席大法官尼古拉斯·特罗特判处他死刑，判词经过了精心打磨：

　　斯特德·邦尼特少校，您被判犯有两宗海盗罪。但正如您所知，您作为海盗抢劫了至少十三艘船只。因此，您可能还会被指控另外十一宗罪。但两项就足够定罪了（尼古拉斯·特罗特说）。因为您的罪行违背了神的律法"不可偷盗"，使徒圣保罗特别告诫"偷窃的……都不能承受神的国"。但您还犯有杀人罪，而杀人者（尼古拉斯·特罗特说）"他们的分就在烧着硫黄的火湖里，这是第二次的死"。而谁（尼古拉斯·特罗特说）能"与永火同住"呢？啊！斯特德·邦尼特少校，我有理由担忧，您年轻时被灌输的宗教准则（尼古拉斯·特罗特说）已被全然损毁，被

---

① 副海事法院是18世纪初在新南威尔士殖民地设立的一个特权法院。副海事法院实际上就是海事法院。

您不道德的生活和您对文学的孜孜以求损毁，被时下流行的虚荣的哲学损毁。因为，如果您（尼古拉斯·特罗特说）"唯喜爱耶和华的律法，昼夜思想"，那么您就会发现上帝的话"是我脚前的灯，是我路上的光"。但您所做并非如此。您剩下的，就是相信（尼古拉斯·特罗特说）"神的羔羊，除去世人罪孽的"，因为"人子来，为要寻找、拯救失丧的人"，并许诺"凡父所赐给我的人，必到我这里来"。因此，如果现在您渴望转回到他，尽管有些迟了（尼古拉斯·特罗特说），像那葡萄园寓言中最后一小时才迟来的人，他仍会接纳您。然而，法庭在此宣告（尼古拉斯·特罗特说），您将被押赴刑场，在那里被处以绞刑。

斯特德·邦尼特少校懊悔地听着首席大法官的宣判，同一天，在查尔斯顿，他以窃贼和海盗的身份上了绞刑架。

伯克先生与黑尔先生

刺客

威廉·伯克先生处于最底层，但他让自己获得了永恒的名声。他出生于爱尔兰，最初是个鞋匠。他在爱丁堡当了几年学徒，也是在那里，他与黑尔先生成了朋友，他对黑尔先生的影响与日俱增。在伯克先生与黑尔先生的合作中，无论是创造力，还是化繁为简的能力，无疑都来自伯克先生。但他俩的名字在他们的艺术中不可分离，很像博蒙特与弗莱彻①。他们一起生活、一起做事，又一起落网。至于公众对伯克先生的特别青睐，黑尔先生从无怨言。这种全然的无私并没有得到报偿。伯克先生将自己的名字遗赠给了一种特别的手法，这使得两位合作者闻名遐迩。单音节词 burke② 将会在人们嘴边停留很长一段时间，而黑尔将会湮没于被不公平地遗忘的默默无闻者之中。

---

① 两人均是文艺复兴时期英国剧作家，曾合作撰写剧本。

② 动词 burke［意思是"（通常用窒息方式）秘密谋杀"］即来自威廉·伯克的名字。

伯克先生似乎在自己的事业中融入了其出生地的葱翠岛屿的魔幻奇想。他的灵魂还沉浸在民间传说中，他所做之事仿佛带着遥远的《一千零一夜》的气息。他很像一位哈里发，整夜逡巡于巴格达的花园，渴望着神秘的冒险，对未知的故事和异乡客充满好奇。他像一个手持沉重半月形弯刀的高大黑奴，他发现没有什么能比别人的死更能带给他快感了。然而，他那盎格鲁－撒克逊人的创造性才能在于把那些凯尔特想象付诸实践。我想问的是：当他的艺术性痴狂平息时，这个黑奴对那些被斩首的人做了什么？以一种全然阿拉伯式的野蛮，他把尸体斩切成小块，盐浸、腌制后藏入地窖。那样做对他有何益处？毫无。伯克先生超乎想象。

在某种意义上，黑尔先生协助他的方式是敦亚佐德[①]式的。伯克先生的创造力因其朋友的参与而变得格外激进。由梦想而来的妄想使得他们容身于一间小阁楼，却心存宏伟的愿景。黑尔先生在爱丁堡一栋拥挤的高楼的第六层拥有一个壁龛般的小房间。一张沙发、一个大木箱和一些盥洗用品，这些几乎就是全部家当。一张小桌上立着一瓶威士忌和三个玻璃杯。通常，伯克先生一次只接待一个人，

[①]《一千零一夜》故事讲述者山鲁佐德的妹妹。她协助姐姐以讲故事的方式阻止国王杀人。

从来不会是同一个人。他是这样行事的：等到夜幕降临，邀请一个陌生的路人。他会在街上逡巡，直到有一张脸激发起他的好奇心。有时他随机挑选。他会以哈伦·拉希德①式谦恭礼让的态度与这个陌生人搭讪。于是陌生人就会爬上六层楼的台阶来到黑尔先生的顶楼，被邀请坐到沙发上，被招待喝一杯苏格兰威士忌。伯克先生会问他一生中发生的最令人吃惊的事。伯克先生是个贪婪的聆听者。陌生人的独白总是在黎明前被黑尔先生打断。黑尔先生打断故事的方式始终如一且十分强蛮。黑尔先生习惯于绕到沙发后面，伸出双手捂住叙述者的嘴巴，与此同时，伯克先生会顺势跨坐在受害者的胸前。两人保持静止姿态，做梦般推测着受害者的故事的结局。就这样，伯克先生与黑尔先生自行为大量故事提供了一个结局，而这些故事，我们永远也不会知道了。

当故事最终停止，叙述者的呼吸也随之停止，伯克先生与黑尔先生会进一步探索谜团。他们会剥光陌生人，赞赏他的珠宝，清点他的金钱，阅读他的信件。有时，这些信件并非毫无乐趣。然后，他们会将尸体放在黑尔先生的大木箱里

---

① 阿拔斯王朝第五代哈里发。他的故事也出现在《一千零一夜》里。

让它冷却。这正是伯克先生展示自己务实头脑之处。

死尸是新鲜的，但不是微温的，这非常重要，这样他们就能享受子夜冒险余下的乐趣。

19世纪初，内科医生们热衷于研究解剖学，但因为宗教准则，他们很难获得解剖研究用的标本。颇有见识的伯克先生注意到这种科学需求。没人知道他是如何结识爱丁堡医学院那位可敬又知识渊博的授课医师诺克斯博士的。或许，伯克先生曾参加过诺克斯博士的公共讲座，尽管诺克斯博士通常更偏爱艺术。不管怎样，伯克先生向诺克斯博士许诺会尽己所能提供帮助，诺克斯博士则答应付他报酬，以抵偿由此而来的麻烦。尸体的价格按照年龄的增长而递减。诺克斯博士对老年人不大感兴趣。伯克先生对此持相同观点——通常来说，老人普遍缺乏想象力。诺克斯博士借由解剖学研究开始在同事间声名鹊起。至于伯克先生与黑尔先生，两人相当享受这种生活的业余爱好。这段时间无疑是他们生命的经典时期。

但伯克先生过人的天赋很快让他僭越了悲剧的惯例和常规，在一出悲剧中，总归是只有一个故事和一位密友。伯克先生完全以自己的方式（将这些归因于黑尔先生的影响是毫无意义的），逐渐趋于一种浪漫主义。黑尔先生壁龛里的装备已经无法满足他了，于是他再造出一套适用于雾中的夜间模式。伯克先生的很多模仿者多少有点儿败坏了他的原创风格。下面才是这位大师的正典原作。

伯克先生丰饶的想象使他厌倦了众多相似的人生经历。其结果总是辜负他的期待。他开始只对死亡的真实感兴趣，那对他来说因人而异。他将整个戏剧都浓缩于最后一幕。演员的优劣对他来说无关紧要。他会让随机性来为他挑选演员。伯克先生唯一的舞台道具是一个灌满沥青的面具。他会在浓雾之夜走出门，黑尔先生则如影随形。伯克先生手里拿着那个面具。等到第一个路人出现，伯克先生会从他身边走过，一转身，突然且强而有力地用面具紧紧捂住那名演员的脸。伯克先生与黑尔先生会从两边用胳膊架住那名演员。灌满沥青的面具巧妙地起了双重作用，同时抹掉呼叫和呼吸。此外，不可否认的是，这一切都具有悲剧性。浓雾模糊了角色的动作，有些演员像是哑剧中的醉鬼。这一幕接近尾声，伯克先生与黑尔先生会搭乘一辆出租马车，脱下那名演员的衣服。黑尔先生会处理那些衣物，伯克先生则将一具新鲜整洁的尸体运送给诺克斯博士。

就到这里吧，与大多数传记作家不同，我将伯克先生与黑尔先生留在他们荣耀的光轮中。为什么要让他们跌跌撞撞走到职业生涯的尽头，揭露他们的失败和失望，以毁掉如此绝妙的艺术效果？我们不如让他们定格在手持面具漫游雾夜的场景。因为他们生命的终点俗不可耐，与其他许多人相似。据说，他们中的一个被绞死了，诺克斯博士被迫从爱丁堡医学院辞职。伯克先生没有留下别的作品。